被虐のノエル
NOEL the mortal fate
Movement1 - vow revenge
Presented by Masami Molockchi
The original and illust Kanawo

CHARACTERS

ノエル・チェルクェッティ

ラプラス市で音楽の名門と言われるチェルクェッティ家の娘。15歳。ピアノコンクールで優勝することを嘱望されていたが……。

「だってわたくしは、つねに、いつも……
一番でなければならないんですもの」

大悪魔カロン

市長バロウズと秘書のシビラに唆されノエルが召喚した悪魔。鴉のような頭部と赤眼の黒づくめの悪魔。

「大悪魔カロン
召喚の儀に応じ参上した」

ラッセル・バロウズ

ラプラス市長。32歳とまだ若くその手腕には一目置かれているが、その真の顔は、ラプラスの暗部を金の力で支配する冷徹な男。

「今夜、二時。
ひとりで港のそばの廃ビルに来るといい」

シビラ・ベッカー

バロウズ市長の女性秘書、28歳。無表情でクールなバロウズの右腕、兼ボディガード。ノエルに悪魔召喚を直接唆した張本人。

「あるのですよ、ここに。
そんな魔法のスイッチが」

ジリアン・リットナー

ノエルの友人で、ピアノのライバルでもある15歳。あまり裕福ではない市街地の出身。ノエルが確実と言われた式典奏者の座を射止めた。

「……でも……、
本当にボクなんかでいいのかな」

Mr.ボマー／フーゴ・ドレッセル

近頃ラプラス市を恐怖に陥れている爆弾魔。グリーンカーキのコートのフードを目深に被ったうえガスマスクを装着しており、顔は見えない。

「俺はなァ……飢えてるんだよ」

被虐のノエル
NOEL the mortal fate

Movement1
vow revenge

著／諸口正巳
原作・イラスト／カナヲ

NTS

被虐のノエル
NOEL the mortal fate

CONTE

Movement 1
vow revenge

復讐《ふくしゅう》ほど高価で不毛《ふもう》なものはない。
——ウィンストン・チャーチル

Prelude

ノエル・チェルクェッティは、つねに、いつも、一番でなければならない。

ピアノに関しては。

どんなに難しい曲も、どんなに長い曲も、ノエルはつねに完璧に演奏してきた。たとえそれが練習やリハーサルでも手を抜かなかった。

特に今日、市が主催するラプラス・ピアノコンクールに、ノエルは全力で挑んだ。この日の演奏もまた、現在のノエル・チェルクェッティの最高の一曲に他ならなかった。

ノエルは堂々と背筋を伸ばし、他のコンクール参加者と並んで立っている。

観客全員が自分だけを見ている。

かれらが自分の演奏に感嘆《かんたん》したことを、ノエルは知っている。演奏が終われば、割れんばかりの拍手を送ってきた。

司会者がマイクを取り、会場のざわめきが引いていった。

「たいへんお待たせしました。それでは、今年度のラプラス・ピアノコンクール、最優秀奏者の発表に移りたいと思います。——みなさまもご存知のとおり、最優秀奏者は市の記念式典にて、ピアノを演奏していただくことになります。清く美しい音楽には退魔《たいま》の力があるとされ、ラプラスの街をまた一年間、災いから守ってくれることでしょう——」

司会者の後ろで、ノエルは細く長いため息をついた。

毎年毎年、このコンクールの結果発表は長ったらしい。特に今年はなぜか選考がかなり長引いた。ノエルが奏者として参加するのは初めてだが、両親に連れられ、毎年観客としてコンクールの会場にやってきていた。

（もう待ちくたびれましたわ）

ノエルはぽつりと小声で不満を漏《も》らした。

（毎年毎年、同じ前置き。そんな『決まり文句』はあとにしてくださいまし）

（ノ、ノエル。そんなにそわそわしなくても、結果は逃げないよ）

ノエルのとなりに立つ少女が、小声で応《こた》える。

彼女は、ジリアン・リットナー。ノエルの友人であり、今回は一応ライバルといえた。

（ジリアン。あなたは相変わらずお気楽でうらやましいですわね）

そうは言ったものの、ジリアンには強がりのように聞こえたかもしれない。少なくともジリアンの目には、ノエルが「そわそわしている」ように映ったようだから。

緊張しているかどうかはともかく、ノエルはたしかに、なかばうわの空だった。

結果などわかりきっている。他の奏者とノエルの演奏は、レベルがちがっていた。

ノエルは、このコンクールの最優秀奏者、今年の式典奏者へのインタビューで何を喋《しゃべ》ろうか、あれこれ考えていたのだ。

だから――。

「最優秀奏者は――ジリアン・リットナーさんです！　おめでとうございます！」

どよめき。

「…………えっ？」

衝撃。

「わあ、ほ、ほんとに……⁉」

ジリアンが驚きの声を上げる。

盛大な拍手。

ノエルの脳髄《のうずい》を殴りつけるほどの。

ノエル・チェルクェッティは最高の演奏をした。自分でも納得の、最高のできばえ。最優秀奏者はノエルでしかありえなかった。それはノエルの思い上がりではない、はずだ。

司会が高らかに発表したジリアンの名に、会場にはどよめきが走った。拍手は、一拍も二拍も遅れてから沸《わ》き起こった。みんなみんな、ノエルが選ばれると思っていたにちがいないのだ。

ジリアンでさえ、喜ぶでもなくただ驚いていた。

だからノエルは——。

それは、何かの間違いではないかと思った。


最優秀奏者の発表のあとは、そのまま祝賀会に移った。

ノエルは、自分がどこをどう通ってパーティー会場に移動したのか覚えていない。発表を待っていた間以上にうわの空だった。ジリアンが何か話しかけてきたような気がするが、それも覚えていない。

ジリアンの背中が見えた。彼女は誰かに呼ばれ、足早に廊下を歩いていく。

Prelude

ジリアンの隣に立っていたのは……、ジリアンを促《うなが》し、祝賀会場に入っていったのは——。

ノエルも見たことのある男だ。

男はほんの一瞬振り返り、一秒にも満たない間、ノエルを見た。

それが誰であるか、ノエルは思い出せなかった。すぐに思い出せるはずの有名人なのに、考えることを脳が拒絶していた。

——どうして。どうして。どうして。

パーティー会場には、良くも悪くもないピアノ曲が流れていた。生演奏ではない。どこかのピアニストの無難《ぶなん》な演奏を収めたＣＤのデータが、スピーカーから控えめに漏《も》れ出ているのだ。

ワインと肉料理と果物の匂《にお》い。温かい空気。談笑。

「おめでとう」

「おめでとう、ジリアン」

ぱちぱちぱちぱち。

あちこちから上がる拍手とお祝いの言葉。その先にいるのは、照れくさそうに青い髪を搔《か》く少女。

——どうして。どうしてそこにいるのが、わたくしではないの？

ラプラス市の有力者や著名な音楽家に囲まれ、祝福されているのは、ノエル・チェルクェッティではない。ジリアン・リットナーだ。家はあまり裕福ではなく、両親ともに音楽の才などまったく持ち合わせていない。

ここで身分の差を持ち出すのはあまり好ましくない、というのは、ノエルもわかっているつもりだ。それにジリアンにも、たしかにピアノの才能がある。

それでも。

彼女より。

自分のほうが、すばらしい演奏をした。

よろめくように、ノエルは料理や酒が並ぶテーブルに近づく。パーティーの参加者はほとんどが招待客であり、音楽の造詣《ぞうけい》が深い。かれらの会話が聞こえてきた。

「優勝はジリアンって子か。リットナー家なんて、聞いたことがないな」

「市街地の子らしいわよ」

「ちょっと予想と違ったわ。私は、ノエルの演奏が一番よかったと思ったのだけれど……」

「ああ。さすがチェルクェッティ家の血筋と思わせられたね」

「うん、まあ、最初は俺もそう思ってたが……」

なんでもない会話のはずなのに、言葉のひとつひとつがノエルの胸に突き刺さる。耐えられなくなって、ノエルはそのテーブルを離れた。

「ステラステージがこっちに進出してくるとは思わなかったな」

「ああ、海運会社ならアクエリアスだけでも充分なのに」

べつのテーブルに近づくと、音楽とはまったく関係のない、大企業の話題が聞こえた。ピアノひと筋で生きてきたノエルにはさっぱりわからない難しい話だが、今は、どんな音楽よりも心を落ち着けてくれる気がする。

海運関係の話に花を咲かせているのは、身なりも恰幅《かっぷく》もいい紳士《しんし》たちだった。

「おや、バロウズ市長じゃないか」

その中のひとりが、会場の真ん中を見て顎《あご》をしゃくった。

「忙しいのに、祝賀会にも顔を出して」

「今回の選考にもかかわってるんだろう？　いくら忙しくても挨拶《あいさつ》回りくらいするさ」

「そのわりには、話し込んでいるのは受賞者だけじゃないか」

「……ここだけの話、選考に大きな変更があったらしいぞ」

「ほう?」

「もしかしたら、バロウズ市長は――」

『ここだけの話』だからか、紳士たちの声は小さくなり、ノエルには聞き取れなくなった。

ノエルは紳士たちがちらちら視線を送る男性に注目した。

バロウズ市長。このラプラス市の頂点に立つ男。ラプラスの〈市民の誇《ほこ》り〉。政治家としては若いといえる。眼鏡《めがね》をかけ、きっちりと整えた髪型と服装からは、知的で誠実そうな印象が伝わってくる。

ノエルも彼を知っている。ようやく、ものを考えたり、記憶をたぐり寄せたりできるようになってきた。平常心とはほど遠い状態ではあるが。

市長は廊下でジリアンに呼びかけ、ふたりでパーティー会場に入っていった。そして今も談笑している。

「ああ、キミ」

不意に、ノエルは声をかけられた。音楽とは関係のない話ばかりしていた紳士のひとりが、ぼんやりたたずむノエルに気がついたらしい。

「気を落とすことはないよ。私はキミの演奏が一番だと思っていたくらいだ」

「…………！」

ほんの一瞬でも、ピアノと、今回の審査結果のことを忘れていたのに。

ノエルはその温かい言葉で、現実に引きずり戻された。

わざわざ慰《なぐ》さめてくれた紳士になんと言葉を返したらいいか、さっぱりわからない。ノエルはいたたまれなくなった。そもそも、どうして自分はここにいるのか。『敗者』がここにいなければならない理由はあるのか。

……あった。

ノエルの目は、ジリアンをとらえていた。

ジリアン・リットナーは、ノエルと同じピアノ教室に通っている。幼い頃からの付き合いだ。今回のコンクールではライバルとなったが、普段は、ピアノを通じて良い関係を築いていた。ジリアンはノエルを目標とし、ノエルも彼女の実力と才能は認めていた。

今すぐにでもこの会場から立ち去りたいが、最優秀奏者に声もかけずに帰るのは、音楽家として、いやひとりの人間として、品位に傷をつけることになってしまう。

自分は『敗者』。

しかし、名門チェルクェッティ家の娘。

ノエルは自分を奮《ふる》い立たせ、ジリアンに向かって歩き出した。しかしどんなに気丈《きじょう》に振る舞おうとしても、手足の先は冷え切り、震《ふる》えていた。

「い、いえ、ボクなんてそんな……。家柄だってたいしたことないし……」

ジリアンの、戸惑《とまど》ったような声が聞こえてくる。

「キミはたしか、市街地の出身だったかな？」

バロウズ市長の声も聞こえてきた。

「たしかに音楽を志《こころざ》す者には金持ちも多いが、それは才能や演奏そのものとは関係のないことだ。もっと自分のピアノに自信を持つといい」

「は……、はい。ありがとうございます！」

バロウズを見上げ、シャンデリアの光を受けたせいもあるだろうが、ジリアンの紫色の瞳はきらきらかがやいていた。

『勝者』が放つ絶対的なかがやきだ。

普段から、快活《かいかつ》で表情豊かな少女ではあるけれど。

その大きな目がノエルを見つけた。かがやきが一瞬なりをひそめ、紫の瞳が揺れ動いたのを、ノエルは見逃さなかった。

「あ……、ノエル……」

「ふむ、ご友人かな。ならば、私は席を外すとしようか」

市長はノエルに一瞥《いちべつ》をくれ、ジリアンの前を離れた。いかにも秘書といった出《い》で立《た》ちの、眼鏡をかけた女性が現れ、市長に耳打ちする。スケジュールのことを話しているようだった。

ノエルはジリアンの前に立つ。足の震えを悟《さと》られないかが気がかりで仕方なかった。

そして、声を、祝辞を、絞《しぼ》り出す。精いっぱい笑ったが、ノエル自身、微笑《ほほえ》みが引きつっているのがわかっていた。

「…………受賞おめでとう、ジリアン。いい演奏……でしたわ」

「ありがとう、ノエル」

ほっとしたように、ジリアンは笑った。

「ふふ、さっきお母さんに電話したら『お祝いにケーキを焼く』なんて言いだしちゃって。ここにもケーキいっぱいあるのに」

ノエルは、うつむいた。

「……でも……、本当にボクなんかでいいのかな。教室のなかで一番家が貧乏だし、こういう場所での食事のマナーもよくわからないし……。コンクールの予選を通過しただけでもありがたかったのに、ボクが式典奏者だなんて信じられない。みんなとってもいい演奏だったし、ボクはてっきりノエルが選ばれるとばっかり思ってた。最高の演奏だったもん！」

ノエルは、唇を噛《か》んだ。

「それにこうして式典奏者に選ばれたのは、ノエルのおかげだよ。ノエルはボクの、せん――」

「…………だから、」

「え？」

「だから今どんな気持ちだ、と笑いたいのでしょう!?」

自分でも、自分が何を言い出したのかがわからない。

どうして、近くのテーブルにあったグラスを叩《たた》き落としたのかもわからない。

グラスが砕《くだ》け散り、ノエルの叫び声が上がると、会場の人々は完全に凍《こお》りついた。

「チェルクェッティ家の娘が無様《ぶざま》な姿をさらす、今！　このざまを見て優越感に浸《ひた》りたいのでしょう!?」

名門チェルクェッティ家の娘として、すでに数々の賞を受けたピアニストとして。品位と誇りを傷つけるような、子供じみた言動は慎《つつし》まねばならない。それを常に肝《きも》に銘《めい》じて生きてきたのに、今ノエルは髪を振り乱し、声を荒らげていた。

ジリアンが息を呑《の》んでいた。大きな紫の瞳が揺れる。

彼女は嘲笑《あざわら》ってなどいなかった。そんなことをするはずなどなかった。ジリアンは、そんな少女ではないのだから。

ノエルの大人げない罵倒《ばとう》に、ジリアンは驚き傷ついていた。

「ち、ちょっとノエル。ボクはそんなつもりで言ったんじゃ……」

「……っ、失礼しますわ!!」

視線が痛い。その視線のどれもが嗤《わら》っている気がする。

そして何より、ジリアンの、その傷ついた表情に耐えられない。

言ってしまったこと、やってしまったことは、取り返しがつかないものだ。

ノエルはとうとう逃げ出していた。

——どうして。どうして。

どうして、こんなことになってしまったのだろう。

Prelude

——最低だ。

自分でもわかっていた。

最低なことをしてしまった。

コンサートホールを出て、ノエルはあてもなく海沿いを歩いていた。

ラプラスは海に面した美しい都市だ。特に夕暮れ時の空と海原を染める橙《だいだい》色と茜《あかね》色のグラデーションは、世界中の写真家を魅了《みりょう》している。ラプラスの夕暮れを収めたポストカードは、世界中に散らばっている。

毎日のようにノエルはこの風景を目にしてきた。海と空を染めるこの色を肉眼で見られるのは、きっと贅沢《ぜいたく》なことだ。見慣れているはずなのに、いつも、思わず足を止めてしばらく見入ってしまう。そして、とりとめのないことを考える。

今日は、ジリアンのことばかりが頭に浮かんできた。

受賞した喜びにきらきらとかがやく瞳。けれど同時に、戸惑ってもいた。

そして、ノエルの言葉に傷ついた、あの顔。

ジリアンも今やプロのピアニストと言っていい。しかし幼い頃から、彼女はいつもノエルより一歩後ろにいた。才能はあっても、実力はノエル以下のはずだった。

それをジリアン自身も認めていた。先生ではなく、よくノエルに弾き方を聞いてきた。ノエルが一曲弾けば、いつも拍手を送って褒《ほ》めてくれた。

ノエルたちが通っていたピアノ教室は、プロ養成所と言っても過言《かごん》ではない。空気はつねに張り詰めていて、他の生徒をどう蹴落《けお》とすかしか考えていない者もいるくらいだ。

今回はとうとうジリアンもライバルになってしまったけれど、彼女は、ノエルの親友だった。

あのピアノ教室において、たったひとりの味方だった。

それなのに――最低だ。

彼女の受賞を喜ぶどころか、自分が選ばれなかった悔《くや》しさや妬《ねた》みをぶつけてしまった。

ジリアンはいつもノエルを応援し、何らかのコンクールで受賞すれば誰よりも早く祝福してくれたのに、いざ立場が逆になったら……。

――あれは……ただのやつあたりでしたわ。でも……、しかたないじゃない。

こんな情けない結果を残して、明日からどんな顔でピアノを弾けばいいのか。どんな気持ちでピアノに向かい合えばいいのか。

「……わたくしは、どんな顔でチェルクェッティを名乗れば……」

今さら、ここにきて。ようやく、とも言えるのか。

ノエルの目に涙がこみ上げてきた。

が、ぎりぎりのところで、それがこぼれ落ちることはなかった。

「やあ、お嬢さん」

突然声をかけられたのだ。ノエルはさっと振り返った。

「あ、あなたは……バロウズ市長……」

いつのまにそこにいたのか。ノエルのすぐ後ろに、バロウズ市長がひとりで立っていた。

「邪魔をしてすまない。だが、ホールを出ていくキミのことが気になってね」

あの醜態《しゅうたい》をばっちり見られていたようだ。あまりにも恥ずかしくて、ノエルは何も言えずにうつむいた。

「ノエル・チェルクェッティ君。私は演奏家ではないが、キミの気持ちはわからなくもない。家名への誇りや、友との競合……。抱えるものは、軽くはないだろうね。今回の結果を、悔しいと思うかい？」

「もちろんですわ。……わたくしはあの子に負けたくなかったし、式典奏者にもなりたかった……いえ、ならなければいけなかった」

「ジリアン君とは、だいぶ親しいのかい？」

「同じピアノ教室に通っておりますの。知り合ってからずいぶん経《た》ちますわ」

「なるほど。親友であり、ライバルというわけだ。それなら、悔しいのはなおさらだろうね」

「………………」

「だが、キミの演奏もジリアン君に負けないくらい評価を集めていたよ。今年はだめでも、来年の式典奏者にはなれるんじゃないかな？」

「ッ、そんなもの意味がありませんわ！　わたくしが欲しかったのは、あの場の誰よりも……ジリアンよりも、優れているという証《あかし》。それだけですの」

バロウズ市長は、思わずまくし立てたノエルを、じっと見下ろしているだけだった。バロウズの口ぶりは穏やかだったが、その言葉は確実にノエルの傷を抉《えぐ》っていた。

「二番目にすごかろうと、評価されようと……今、一番でないのなら意味がありませんわ。だってわたくしは、つねに、いつも……一番でなければならないんですもの。そうやって生きてきたんですもの……」

ノエル・チェルクェッティは、つねに、いつも、一番でなければならない。

ピアノに関しては。

両親に面と向かって言い聞かせられてきたわけではないが、ノエルの血筋がそれを強制している も同然だった。

一番になりたいのではない。よく考えてみれば、ノエルが一番を望んだことは一度もなかった。そういう生き方をしてきたから。目にも映らない、チェルクェッティ家の血統という概念に駆り立てられているから。

バロウズは、そうか、と小さく言葉をこぼしただけだった。

同情されているような気がした。

「……失礼しますわ」

ノエルはきびすを返し、夕暮れに背を向けた。

家に着く頃には、両親はすでに帰宅しているだろう。何を言われるか……何を言えばいいか。

ノエルの頭の中は、それだけだった。

しかし。

「もしも、本当にあきらめきれないのならば――」

バロウズはその場を動かず、おもむろに、そう切り出した。

「今年の式典奏者の座を心の底から欲しいと思うのならば。なにがなんでもジリアン君の先を歩みたいのならば――」

振り返ったノエルの目に焼きついたのは、市長の表情だった。

「今夜、午前二時。ひとりで港のそばの廃《はい》ビルに来るといい」

笑っていた。

「え……？　そ、それは、いったい、どういう……」

「今年のコンクールの選考なんだが、じつは、とある理由でその順位に大きな変更があった」

「!?」

そうだ。たしか、祝賀会場でも、そんなことを噂《うわさ》している人たちがいた。そして、選考がやけに長引き、プログラムが押したのも事実だ。

思わずノエルは身を乗り出したが、バロウズは微笑《びしょう》しながら軽くかぶりを振った。

「……いや、『とある理由』は、キミが来れたら教えてあげよう。本当に知りたいかどうか、ひとりでよく考えてみてくれたまえ。だが、ひょっとしたら……選択次第では、今夜キミの人生が大きく変わるかもしれないよ」

バロウズには、今ここで話す気がまったくないようだ。その語り口と声はとても落ち着いたものなのに、ノエルの心にはナイフのようにするどく切り込んでくる。

まるで……、まるでそれは……、誘惑めいていて……。

けれどもノエルはすでに、平常心を失っていた。

「わたくしの……人生が……？」

選考結果の大きな変更。その理由を知ることで、自分の人生が変わる。しかもそれは、真夜中の廃ビルなどという場所でしか話せない内容。

ひょっとして。もしかすると。

――本当はジリアンではなく、わたくしが……？

ノエルの思考がそこに至った瞬間、さっと黒い影が頭上をかすめた。

そして、大きな鳴き声。

鴉《からす》だ。

ノエルはちょっと飛び上がって空を見上げた。日は海原《うなばら》の向こうに沈み、橙色は藍色に変わり始めている。黄昏時《たそがれどき》の空を、たくさんの鴉が横切っていく。かれらがねぐらへ帰る時間だ。

道ばたに、黒い高級車が止まった。

「では、また。ノエル・チェルクェッティ君」

静かなバロウズの別れの挨拶。それに笑みが含まれていた。

彼がどんな表情をしていたか、ノエルは見ていなかった。それどころではなかったから。

今夜。

午前二時。

ノエルには、選択肢などないも同然だった。

Passage 1

誘惑

ノエル・チェルクェッティがピアノを始めたのは、生まれる前からと言ってもよかった。両親はともに高名《こうめい》なピアニストで、ノエルはまだ母親の胎内《たいない》で眠っている頃から、ピアノ曲を聴《き》かされていた。最初に与えられたおもちゃはベビー用のピアノだった。

物心ついたときにはすでに、ノエルはピアノを弾《ひ》くことができた。両親によれば、レッスンらしいレッスンを始めたのは二歳の頃だという。ノエルは今年で十五歳になった。ピアノを始めた頃のことは、すでに覚えていない。

ピアノで名を立ててきたチェルクェッティ家の娘として、ノエルはつねに、いつも、一番でなければならない。それはノエルにとって当然のことであり、苦ではなかった。

ひとりで帰宅したノエルを、両親は怒鳴りつけたりはしなかったが、慰《なぐさ》めもしなかった。

ふたりがノエルに諭《さと》した内容は、おまえの実力が足りなかったのだ、ということだった。

しかしその言葉は、ノエルの心にはまったく響かなかった。バロウズ市長からあんな話を聞かされては、「自分の実力は充分だった」「自分は今までどおり最高の演奏をした」という反論が、意識にこびりついて離れない。

ノエルは両親の言葉を上《うわ》っ面《つら》だけで受け取り、食事にもほとんど手をつけずに自室に引きこもった。夕食が自分の好物だったと気づいたのは、ずっとあとのことだった。

日付が変わり、両親が寝静まり、チェルクェッティ邸《てい》に完全な沈黙が落ちるまで、ノエルはベッドの中でまんじりともせず息を殺していた。布団を頭までかぶって。

時計が時を刻む音が聞こえる。

布団から顔を出す。真っ暗な中で眠るのは怖いので、昔から、常夜灯《じょうやとう》をつけて就寝《しゅうしん》していた。

そっとベッドを抜け出し、常夜灯の薄明かりの中、自室を眺《なが》める。

楽譜《がくふ》や、音楽関係の本しか入っていない本棚。

両親に買い与えられたが、ほとんど使っていないノートパソコン。

そして、立派なグランドピアノ。

この部屋は防音設備が整っている。ノエルは気が向いたとき、いつでもピアノを弾くことができた。こんなに遅い時間に弾いたことはほとんどないが。

ノエルは鍵盤《けんばん》に触れた。

流行《はや》りの漫画や小説も読まず、パソコンでゲームもネットもせず、ひたすらピアノに打ち込んできた。それなのに——式典奏者の役割はジリアンに奪われ、両親には「実力が足りない」と言われた。

——どうして……。

しかしその疑問には、今夜、市長が答えてくれるはず。

この時間までベッドに潜《もぐ》り込んでいたが、寝間着《ねまき》には着替えていなかった。このまま出かけられる。

ドアを開けてみると、廊下は想像以上に暗かった。

音を立てないよう慎重に部屋に戻り、引き出しをあさる。目的は懐中電灯《かいちゅうでんとう》だったが、ふと、一冊の薄い冊子《さっし》が目にとまった。

最近ピアノ教室の近くの路上で受け取った、『悪魔撲滅《ぼくめつ》キャンペーン』の冊子だ。そういえば今日も、コンサートホールの出入り口付近で、女性が同じものを配っていた。

『悪魔の召喚《しょうかん》・契約は法律で禁じられています。あなただけの人生、人としての生活を』

幼い頃から、学校やテレビでさんざん聞かされてきた文句だ。今さらノエルの心を動かすものではない。それはすでに、ノエルにとっての「常識」でしかなかった。

懐中電灯のスイッチを入れ、ノエルは息を殺しながら再び廊下に出た。

――こんな時間に外に出るのは初めてですわ。……お父様、お母様。わたくし、今夜だけは不良になります。お許しくださいまし。

廊下の突き当たりの部屋では、両親が眠っているはずだ。

ノエルは暗闇の奥を一瞥《いちべつ》し、屋敷を抜け出した。

門が閉まっている。開ければ大きな音がするはずだ。ノエルは裏に回ることにした。

大きな糸杉の下を通った、その瞬間。

「ひゃっ⁉」

羽音と耳障《みみざわ》りな鳴き声が響き、ノエルはひどく驚いた。真っ黒い木の枝から真っ黒い空に向かって飛び立ったのは、真っ黒い鳥。

「か、鴉《からす》だなんて……不吉ですわね」

鴉は闇に溶《と》けていった。

ノエルははじけそうになった心臓をなんとかなだめて、屋敷の裏庭に向かう。

食品やワインの備蓄を詰《つ》めた木箱が積み上げられていた。ノエルは苦心しながらそれをよじ登り、塀《へい》を乗り越え――夜のラプラスの街へと抜け出していった。

後ろ暗い何かを感じながら、しかし同時に何かに期待しながら。

ノエルは鴉色の闇を歩いた。

港のそばの廃《はい》ビルまで、徒歩では三十分ほどかかった。腕時計を見れば、時刻は約束の午前二時よりも少し前。

周囲にも、ビルの中にも、人の気配はない。

「……こ、怖くなんてありませんわ。わたくしももう十五ですのよ。怖くなんて……」

実は暗いところが得意ではないが、ノエルはほとんど躊躇《ちゅうちょ》しなかった。

罪悪感よりも、恐怖よりも、義務感めいた感情と、ある種のどす黒い感情が勝《まさ》っている。

知りたかった。

真実が。

どうして自分が式典奏者に選ばれなかったのか。ジリアンよりも自分が劣《おと》っているだなんて、そんなはずはないのだ。いったい何が起きて、選考結果が変わったのか。

選考委員でもあったバロウズ市長が言っていたのだ。憶測《おくそく》とはわけがちがう。信憑性《しんぴょうせい》がある。

廃ビルのドアは外れていて、簡単に中に入ることができた。

「……あ……」

床は埃《ほこり》や落ち葉で汚れていたが、真新しい封筒が落ちていた。上質な紙が使われている。しかも、表に『ノエル・チェルクェッティ様へ』と書かれていた。

中には、一枚の紙切れが入っているだけ。

『屋上へどうぞ』

そう書かれているだけの紙切れが。

なんとなくだが、女性の筆跡《ひっせき》に見える。ノエルは手紙をポケットにしまい、指示されるままに屋上へ向かった。

潮の香りが漂《ただよ》っている。しかし、奇妙なほどに風がない。

空は晴れ渡り、星ぼしがきらめいている。

遠くから、パトカーと消防車のサイレンが聞こえた。またか、とノエルは思う。ここのところ市民の不安の種は、謎《なぞ》の爆弾魔だった。ずいぶん頭のおかしいヤツらしく、週に一度は爆発騒ぎを起こしている。今夜も、どこかで何かを爆破したようだ。

ビルは長いこと使われていないらしい。それどころか、解体作業を中途で放り出した様子だった。屋上はぼろぼろだ。ガラクタや瓦礫《がれき》がほうぼうに散らばっている——が。

その空間だけは片づけられていた。ヘリが離着陸できそうなくらいのスペースがある。そこに、女がひとりたたずんでいた。

女はノエルの姿を認めると、眼鏡《めがね》を直した。

「来ましたね、ノエル様。あなたなら来ると確信していました」

ノエルはあたりを見回したが、市長の姿はない。この女ひとりだけだ。すると、ノエルの困惑を読み取ったかのように、女は名乗った。

「ご安心を。私はバロウズ市長の秘書をしております、シビラ・ベッカーと申します」

秘書。そういえば、コンクールの祝賀会場にもいたはずだ。

シビラ・ベッカーは、ひどく無表情な女性だった。美人ではあるが、その印象は、あまりにも……冷たい。

「市長は所用により外しておりますので、私がお話を預かってまいりました」

「そ、そうですの。それで、その……お話というのは、いったい……？」

「ノエル様。これからここでするのは私たちと市長だけの秘密の話。秘密の……取引でございます」

取引？

ノエルには、そんなつもりなどまったくなかった。

ただ、コンクールの選考について、真実を知りたかっただけ。

シビラはよどみない足取りでノエルに近づいてきた。その目はただまばたきを繰り返しているだけで、感情のかけらも読み取ることができない。

しかし、だからこそ……その、有無《うむ》を言わせない眼差《まなざ》しを受けると……ノエルは、固唾《かたず》を呑《の》んでシビラの話に耳を傾けるしかなくなってしまった。

「ここラプラス市は、さほど大きな都市ではございません。数年前まで、この国の『穴場』でした。マフィアがのさばっていたのはご存知ですよね？」

「え、ええ……でも、たしか……市長が」

シビラはうなずいた。

バロウズ市長が市民から〈誇《ほこ》り〉とまで言われるほどに支持されている大きな理由はそこだ。

数年前まで、市長よりも強い権力をほしいままにしていたのはマフィアだった。大きなファミリーがふたつあり、長年抗争を続けていた。流れ弾で命を落とした善良な市民は数知れない。汚いカネも、ラプラスから世界へ、世界からラプラスへと流れ続けていた。

バロウズ市長は、そんな社会の癌《がん》を――マフィアを一掃《いっそう》したのだ。

「それでもヒトとカネは国の中央に流れていくため、ラプラスは山と海の間で弱々しく機能する、小さく古い市《ラプラス》のままです。しかし市長は、ラプラスを愛している。富める都市ではなくとも、ここには平和と、美しい景色と音楽がある」

「……あの、それがなにか……？」

「つい最近ですが、この市にとある巨大海運会社が進出してきました。ステラステージです」

シビラは遠くを指さした。

その先には、建設途中のビルがある。深夜だというのに照明がいくつもともっていた。かすかにだが、煙が上がっているように見える。パトカーや消防車の青い警光灯《けいこうとう》がちらちらかがやいていた。ひょっとして、今夜の爆弾魔はそこでやらかしたのだろうか。

ピアノひと筋のノエルは、経済に疎《うと》い。どこのなんという会社がラプラスにいくつ支社を作ろうが、自分には関係ないことだとも思っている。

シビラが何を言いたいのか、ノエルにはさっぱりわからなかった。おまけに彼女は、煙やパトランプを見ても何の反応も示さず、何事もなかったかのように自分の話を続ける。

「彼らは、たとえるならばまさに大波。ラプラス程度の市にとっては、それはもうすべてを塗りかえてしまうような存在なのです」

「はあ……」

「ノエル様。あなたは本日――いえ、昨日《さくじつ》のピアノコンクールにて、式典奏者の座を逃がしましたね」

シビラの話の切り替え方は、あまりにも唐突《とうとつ》だった。虚《きょ》を突《つ》かれ、ノエルは彼女を見上げる。

何を言い出したのかすぐには理解できなかった――が。

「それすら、ステラステージと無関係ではないのです」

「……え!?」

まさか大企業の話がピアノと自分に結びつくとは思いもよらず、ノエルは目を見開いた。

「ステラステージからは、コンクール運営委員会に多額の補助が出ました。いわば、飛び入り参加の超VIPスポンサーです。ですが、物事はそう綺麗《きれい》には片づきません。ノエル様、想像してみてください。――もし、ステラステージが奏者の誰かとつながっていたら?」

「!」

「ステラステージが推薦《すいせん》する奏者が、無条件に式典奏者に選ばれるとしたら?」

「……ッ!」

「会場にはノエル様の演奏を支持する声が多かったこと……。審査が長引き、順位に変更があったこと……。……無関係ではない、かもしれませんよね」

ここで、初めて。

シビラの顔に表情が浮かんだ。彼女は、静かに微笑《ほほえ》んだのだ。

「そ、それはつまり、ジリアンが……不正を!? でも、あのジリアンにかぎってそんなこと……ありえませんわ!」

「ジリアン様から近づいたのか、ステラステージ側が一方的にジリアン様を気に入ったのか。それは私が知るところではありません。しかし――ジリアン様は、ステラステージが推薦したから、式典奏者になった。そういうことでございます」

「ジリアンの実力ではなかったと……そういうことですの……？」

やっぱり。

やっぱりそうだったのだ。

その想《おも》いが、ノエルの胸を貫《つらぬ》く。

やはり自分が。ジリアンよりも、自分が。

一番だったのだ！

「私は感情表現が苦手ですので、伝わりにくいかもしれませんが……市長はもちろん、私もこの結果を悲しく思っております。本来なら、ノエル様が式典奏者になるはずでした。そして今なお、そうなるべきだと思っています」

「………」

「ノエル様に関係があるのはコンクールの件だけかもしれませんが、ほかにもステラステージの横暴《おうぼう》は数知れず確認しております。金をばらまき、美しいラプラスを食い荒らすよそ者。あなたはその被害者なのです」

被害者。

なぜだろうか、その表現が自分に当てはまるほうが『好都合』だと思えるのは。そして、妙に安心してしまうのは。

自分は『被害者』なのに、どうしてこんなに、嬉《うれ》しさに似たものを感じるのだろうか。

それはやはり、本当は自分が一番だった、ということがわかったからなのか。

「ラプラスにはすでに、古くから地域に根ざした海運会社アクエリアスがあります。競合による企業の成長という良い側面もあるでしょうが、私と市長はこう考えています。ラプラスには、アクエリアスがあれば充分だ、と。厚顔無恥《こうがんむち》なよそ者の参入は、市の経済にとり、マイナスになると判断しました」

滔々《とうとう》と、まるで台本を諳《そら》んじているかのように語っていたシビラが、ここでちらりと腕時計を確認した。その表情に変化はない。タイムテーブルどおりに説明が進んでいるようだ。

「――さて。そろそろ取引のお話に入りましょう。ノエル様、たとえばここにスイッチがあるとします。押すと、ステラステージの社長が死ぬ。もちろん、スイッチを押したことも、そもそもそんなスイッチがあるということすら、誰にも知られない。……ノエル様は、スイッチを押しますか？」

「……え？」

シビラがまたほんのかすかに微笑んだ。

美しく整った顔が……わずかに歪《ゆが》んだ、ような気がした。

「あるのですよ、ここに。そんな魔法のスイッチが」

「ま、まさか、それは……」

「――そう。悪魔でございます」

悪魔。

この世には悪魔がいる。

人の欲望を嗅《か》ぎつけて忍び寄り、堕落《だらく》の道へと誘惑する小悪魔。

そして正しく儀式《ぎしき》を行うことで召喚でき、あらゆる願いを叶《かな》えてくれる大悪魔。

彼らは有史以前から存在する超常的な存在であり、神と対極に位置する〈邪悪〉そのものだ。

「とある大悪魔の召喚方法を私は知っています。ノエル様は今、望むなら悪魔と契約し、コンクールを、ラプラスを、土足で荒らす悪の企業を滅《ほろ》ぼすことができます。リサーチによれば、ステラステラステージは社長こそ異常なほどに優秀ですが、部下はそうでもありません。社長を消すだけでステラステラステージは沈みます」

「ち、ちょっと待ってくださいまし！　悪魔との契約は立派な犯罪——わたくしはそう教わってきましたわ！　し、しかも、人殺しを依頼しろと……!?」

「その通り。これは重大な違法行為です」

悪魔との契約は、世界で最も確実かつ手っ取り早い願いの叶え方だった。そしてそれゆえに、社会の秩序《ちつじょ》を守るため、あらゆる国の法律、あらゆる宗教の戒律《かいりつ》で、固く禁じられている。

ノエルが住むこの国ももちろん例外ではない。ラプラスでは目下《もっか》『悪魔撲滅キャンペーン中』だ——他でもない、バロウズ市長の指揮のもと。

「しかし、ノエル様。ここで起こることは私と市長、そしてあなたしか知らない。そしてこれは悪魔との契約……誰にも見られず、悟《さと》られず、証拠も残らない」

しかし市長は、シビラを通じ、悪魔の力を利用しろというのだ。ノエルは混乱した。

「ひとまずジリアン様のことは忘れてください。問題なのは、コンクールが正しく機能していないこと。私たちは、あなたが望むのであれば、あなたを式典奏者にして差し上げたいのです。今ならまだ間に合います」

「そ、れは……でも……」

「これは市長の望みでもあります。いえ、市民の望みといってもいいでしょう。ノエル様にはぜひ、悪魔の契約という覚悟《かくご》をもってラプラスのピアノを守っていただきたいのです」

「わ、わたくしは、」

「どうかご決断を。ジリアン様もきっと、正しい結果を望むことでしょう。ノエル様、どうか式典奏者としての立ち振る舞いを。そして一流のピアニスト、音楽家として、正しい音楽をお守りください。ここでの逃げは、式典奏者の辞退にも同じこと……！」

「わたくしは……ッ！」

シビラの言葉は、ノエルの心を揺さぶり、抉《えぐ》り続けた。

悪魔とかかわり合いになることなど――それ以前に、自分が大きな犯罪に手を染めることなど、けっしてありえないことだと思っていた。正しく生きろと両親から強く言い聞かされてきたわけではない。ただそれが、人間として当たり前の生き方だと思っていたから。

常識が裏返ろうとしている。

『選択次第では、今夜キミの人生が大きく変わるかもしれないよ』

選択を誤ってはいけない。

正しく生きなければならない。

その中で、自分はつねに、いつも——。

「きっとノエル様は、来年もまたチャンスをつかむことでしょう。しかし、今年負けたという事実は一生消えませんよ。本当は勝っていたのに。本当はあなたが一番なのに。——それで、よいのですか？」

ノエル・チェルクェッティは、つねに、いつも、一番でなければならない。

ぽきりと、ノエルの中で、何かが折れた。

壊《こわ》れて、消えた。

「……ッ……、し……、しますわ」

ノエルの口から乾いた返事がこぼれ落ちる。

「契約、しますわ……。わたくしが……本当の式典奏者になりますの……！」

シビラはノエルがそう答えるのを確信していたようだ。大きくうなずくと、手にしていた数枚の資料を手渡してきた。

一枚目には、禍々《まがまが》しい緋《ひ》色の、複雑な……魔法陣が描かれていた。

シビラが細かく指示を出してくれたが、ノエルはほとんど夢うつつのような状態だった。機械的に指示に従い、血のように赤いチョークでビルの屋上に魔法陣を描いていく。

描き込まなければならないものの大半は恐らく文字なのだろうが、ノエルにとってはただの模様に等しかった。読めもしないし、意味もわからない。ただただ、紙に記されたものをコンクリートに描き写していく。

魔法陣は複雑怪奇《かいき》で、どれほどの時間をかけたかわからなかった。シビラはしばしば腕時計を確認し、しまいには無表情で急《せ》かすようになった。彼女が言うには、時刻や星の位置も重要らしかった。

眠気は感じない。しかし這《は》いつくばって複雑な魔法陣を描くのは、体力を使う仕事だった。ようやく描き上がったときには、ノエルはすっかりくたびれていた。

「や、やっとできましたわ……。これでいいんですの？」

「はい、問題なさそうです。お疲れ様でした。あとはノエル様自身が魔法陣の中に立ち、これを中央に垂らせば完了です」

「え。それだけですの？　その……呪文《じゅもん》とかは？」

「必要ございません。ノエル様がお描きになった魔法陣こそが、呪文そのものと言ってもよいのでございます」

シビラが差し出した小瓶《こびん》を、ノエルは受け取る。中には赤黒い液体が入っていた。……嫌な予感がする。

「な、なんですの、これ？」

「鴉の血でございます」

シビラは平然と言い放った。

「血!?　そ、それも、鴉の？」

「悪魔の召喚には、この手の道具がつきものですので」

「……最悪ですわ……」

こんなもの、触っているだけで呪《のろ》われそうだ。ノエルは露骨《ろこつ》に顔をしかめた。

「本当に、これで……わたくしは式典奏者になれるのですわね？」

「はい。恐れることはありません。本当に悪いのはコンクールを汚《けが》すステラステージ……。ノエル様に罪などございませんゆえ」

シビラは無表情のまま、芝居がかった台詞《せりふ》を口にした。

「今、ここで。本当の授賞式を始めようではありませんか」

ノエルは固唾を呑み、言われるがまま、赤い魔法陣の中心に立つ。

自分の手で描いた魔法陣が、自分ではないなにものかによって生み出された、邪悪ないきもののように感じられた。赤い文字と模様が蠢《うごめ》いているような錯覚《さっかく》にとらわれる。

全身が心臓になったよう。どんなコンクールの演奏の前にも、これほど緊張したことはない。

ノエルは瓶の蓋を開け、ねっとりとした赤黒い液体を……垂らした。


星が隠れた。

風が止まる。

潮の香りが乾き、空気からこぼれ落ちる。

身体《からだ》中の産毛《うぶげ》が逆立つ。空気のすべてがつめたい静電気を帯びたかのよう。

視界がチカリチカリと赤くまたたく。

頭の中で響く鴉の声。

時さえ止まる。

嵐の落雷とまったく同じ音を立て、赤い稲妻《いなづま》が魔法陣の中心に落ちた。

焦《こ》げ臭《くさ》い匂《にお》いの中に、かすかな血の香り。

赤い稲妻に目がくらみ、思わず閉じたまぶたを開ければ――。

そこには――。


「大悪魔カロン。召喚の儀に応じ参上した」


悪魔だ！

それがヒトではないことなど、まさに一目瞭然《いちもくりようぜん》だった。

顔は――頭は――鳥だった！　鴉のようでいて鴉ではない。後頭部では長い羽毛が跳《は》ねている。闇に滲《にじ》むように光るのはふたつの赤眼《せきがん》。名乗りを上げたとき、その大きな嘴《くちばし》はまったく動いていなかった。どこからその低く寂《さ》びた声が出たのか、まるでわからない。

二メートルはあろうかという長軀《ちょうく》。細身に、漆黒《しっこく》の礼服を身にまとっている。そのベストだけは血のような赤だ。袖から出ている両手もまた漆黒で、鋭い爪が生えている。そのうえ、どんな男性の手よりも大きかった。

翼はないようだが、なんとなく、わかる。

この悪魔が鴉の化身《けしん》であると。

これが、悪魔。それも、大悪魔だ。

圧倒され、言葉を失うノエルを見下ろし、大悪魔カロンはわずかに赤眼を細めた。

「なんだ、今回の契約者はずいぶんと若いな。……まあいい。小娘よ、お前は私に何を願う？」

「……あ……、えっと……」

「確固《かっこ》たる願いがあるから私を喚《よ》んだのだろう。口にしなければわからん」

カロンの口ぶりは、若干面倒くさげに聞こえた。召喚とは、人間が悪魔を『使役《しえき》』することではないのか。そのわりには悪魔の側のほうが態度が大きい。

人間など口ほどにもない存在だと見下《みくだ》しているようだ。

ノエルはつっかえながら、願いを口にした。

「……ス、ステラ……。……海運会社、ステラステージの……し、社長を……」

眼《め》をぎゅっと閉じ、思い切って声を張り上げる。

「……社長を……！　——殺してくださいまし!!」

恐ろしい願いだった。

しかし悪魔は、そんな願いなど聞き飽きているような様子だった。

「なるほど、殺しか。では聞くが、なぜステラステージの社長を殺したい？　言ってみろ」

「そ、それは……ピアノコンクールを、あるべき姿に……」

「あ？」

悪魔が不愉快《ふゆかい》そうに顔をしかめる。ノエルは思わずたじろいだ。

「なんだそのつまらん理由は。本当にそれがすべてか？」

「そ、そうですわ」

悪魔は——。

嗤《わら》った。

赤い眼を三日月のようにいやらしく歪めた。

「嘘《うそ》だな」

「嘘だな、それはきれいごとだ。人というものが人を殺す理由などひとつしかない。そうすることで、自分が得をするからだ！」

見透《みす》かされている。心を読まれている。彼の赤い眼の前で、ノエルは裸にされていた。突き刺さるような言葉は、シビラ以上に心を抉ってくる。低い声が、やけに耳に快《こころよ》く……ずっと聞いていたら、頭がどうにかなってしまいそうで――。

「さあ、お前の本当の、汚い欲を曝《さら》け出してみろ。それが言えたら契約を結んでやろう」

――な、なんなんですの、このかた!?　これが悪魔なんですの？

本当の願望、本当の欲望。願いごとの裏に隠した本性。

ここにきて、ノエルはそれが、浅はかでくだらないもののように思えてきた。

「つまらん理由しか言えないのなら、さっさと帰るんだな。それはお前に私と契約する資格がないということだ」

悪魔が自分に興味を失いかけているのがわかる。

このままでは契約が結べない。ここまできてしまったら、もうあとには退《ひ》けないのに！

「…………が…………、に…………」

ノエルは、震える唇で、声を絞《しぼ》り出した。

「ん？」

「……わたくしが……式典奏者になりたいから……ですわ！」

言った。

言ってしまった。

「……クク。ククク……」

悪魔の眼は、より大きく、より邪《よこしま》に歪んでいく。開かない嘴からは、低い笑い声が漏《も》れ出した。

「式典奏者になりたいから、悪魔の契約で殺しを……？」

今にも声を上げて嗤い出しそうだ。悪魔は星空を仰《あお》ぎ、どこか恍惚《こうこつ》とした様子だった。

「ああ、それは素敵だな、小娘！　正気か？　なんという矛盾《むじゅん》、だがそれこそ人の欲望だ！　愉快愉快、やはりこうでなくてはな！」

「な、なにをわけのわからないことを。これでいいのでしょう、早く願いを叶えてくださいまし！」

「いいだろう、だが最後にもう一度だけ聞いておくぞ。お前の意思で、悪魔の契約で、殺しを願うのだな？」

「？　そ、……そうですわ！　できるのなら……お願いしますわ……！」

「よし、気に入ったぞ。お前の欲望とその末路……私と契約を結ぶのにふさわしい。小娘、この大悪魔カロン、お前の〈願い〉を聞き届けたぞ！」

悪魔カロンは、その右手を軽く上げた。優雅《ゆうが》でさえある挙動だった。

鉤爪《かぎづめ》をそなえた大きな指が――。

ぱちん、と鳴る。

その瞬間、ほんの一瞬、ノエルの視界が暗転した。

頭の中で、不吉な鐘の音が響いたようだった。

カロンがゆっくりと右手を下ろす。

「終わりだ。殺したぞ」

その言葉が信じられず、ノエルは目を丸くした。

「……え。そんな簡単に……？」

「これが悪魔の契約というものだ。信じられないなら明日のニュースでも待て」

カロンは目を閉じ、すました顔で言い放った。

ノエルは振り向き、シビラに笑いかける。

「シ、シビラさん！　やりましたわ！　ま、まったく実感がないですけれど！」

「ええ、素晴らしい成果です、ノエル様。明日、あらためて彼の死を確認させていただきます」

シビラも、薄い笑みを浮かべていた。

ノエルは両手を握りしめる。人を殺したという実感がまったくない。悪魔との契約という重罪を犯したことへの後ろめたさもない。すべては結果だ。得体の知れない喜びが、ノエルの胸に押し寄せてきた。

ステラステージ社長という悪党がラプラスからいなくなったのだから、ピアノコンクールも枷《かせ》から解き放たれる。選考もきっとやり直されるだろう。あのとき最高の演奏をした、あの日一番のピアニストであった、ノエル・チェルクェッティこそが、あるべき座に着くのだ。

「こ、これで……わたくしは、式典奏者に……！」

悪魔がつめたくささやいた。

「――おい」


ぶち。


「……？」

ノエルの視界いっぱいに、真っ黒い夜空が広がった。

「……!?」

なぜ自分が倒れているのかわからない。

「……ッが……!?」

なぜ身体中に激痛が走っているのかわからない。

わからない……、身体が、手と足が、動かない。痛みの奥から、だくだくと血がほとばしっている。ドレスが、長い髪が、全身が、血に染まっていく。

「〈代償《だいしよう》〉を支払うのを忘れるな」

カロンの冷徹《れいてつ》な声が、ノエルに静かに降り注いだ。

「お前ごときの魂や身体で大企業の社長の殺害を支払うなら、まあ……両手両足、といったところだろう。言っておくが器の価値が違いすぎる。これでもサービスしたほうだぞ」

——両手、両足？　え？　いったい、なんのこと？　これはなんですの？　これは……、えっ、あれ、は……。

がくがく震えながら首をめぐらせたノエルの目に、散らばった手足が映った。

——え？　えっ、気持ち悪い、腕と足ですわ、ひとの手と足が落ちてますわ、ひとの手足ですわ。え？　あの指……えっ、あの指は、わたくしの、あの手は、わたくしの、では、なくて？

血の海に沈んでいるのは、
ノエルの両手両足だ。

えっ。

え？

意味が。

わから。

ない。


カロンは眉間《みけん》にしわを寄せ、じろりとシビラに目をくれた。

「おい、シビラ・ベッカー。この娘、どうも自分の手足が吹き飛んだことに驚いているように見えるのだが」

シビラは平然としている。ノエルどころかカロンを見ようともせず、タブレットでメールをチェックしていた。

「手足が千切れ飛んだら誰でも驚くのでは？」

「ごまかすな。悪魔との契約には〈代償〉があることを、この娘はちゃんと知っていたか？」

「…………。私は彼女に悪魔を紹介しただけですのでなんとも」

シビラはタブレットから目を離さず、眼鏡を直した。

カロンの赤い眼のかがやきが強さを増した。あたりの空気が一気に張り詰める。悪魔はシビラに一歩詰め寄り、怒声を上げた。

「ふざけるなよ、女！　それで言い逃れができるとでも思っているのか!?　この娘の願いは、自分の命をかけるほどの軽率《けいそつ》で醜《みにく》い野望ではなかったのか、と聞いている！」

ようやくシビラはタブレットを下ろした。しかし、カロンに向けた顔は平静そのもの。仮面のように凍りついていると言ってもよかった。

「落ち着いてください。私はただ事実を述べているだけです。――ノエル様とカロン様の間に契約が成立した。だからあなたはステラステージの社長を殺し、〈代償〉としてノエル様の手足を奪った。そこに悪魔としての間違いはないように思えますが？」

「『私が』誰とどういう契約を結ぶかは、『私の』ポリシーにのっとり、『私が』決める！　お前たちは、まだ、こんなことを……いや、以前よりも酷くなっている！」

「…………」

「お前たちの都合で気軽に悪魔を呼ぶな！　この娘もラッセルの差し金だろう!?」

「市長にご意見がございましたら、市長に直接どうぞ。あなたならできるでしょう？」

「ッ……！」

カロンが言葉に詰まり、その場に冷え切った沈黙が下りた。

そのときだ。

「……た……」

「おや？」

「……たす……け、て……」

血まみれのノエルが、消え入りそうな声を上げたのだった。

シビラはノエルを見下ろし、二度ばかりまばたきをした。

「これは申し訳ないことをしました。すでに死亡されていると思っていましたが。そのままでは苦しいでしょう。今、楽にしてさしあげます」

「……どう、して……こんな……。いったい……なに、が……」

シビラはおもむろに、ノエルの長い髪をつかんだ。そのまま、つかつかと屋上のへりに向かっていく。シビラの細腕には、見た目からは想像もつかないほどの力があるようだった。手足をなくしたとはいえ、ノエルという少女ひとりを、片手でずるずる事も無げに引きずっていく。

屋上の真下は海だ。

ノエルの耳に、潮風と潮騒《しおさい》が届く。

シビラは片手でノエルを持ち上げていた。

「ごきげんよう、ノエル様」

「……や、やめ……！　たすけ……」

藁《わら》にもすがる、とはよく言うが。

ノエル・チェルクェッティはそのとき、悪魔にすがった。

鴉の悪魔の赤い眼を、そのとき彼女は、まっすぐに見ていた。


「たすけて」


大きな生ゴミでも落とすかのように、シビラはノエルを海に捨てた。わずかなあいだ彼女は思案《しあん》に暮れ、やがて、散らばったノエルの手足も、ぽいぽい海に投げ捨てた。

手についた血をハンカチで拭き取りながら、シビラはつかつかと階段に向かっていく。

「ではカロン様、お疲れ様でした。もしまた召喚させていただくことがありましたら、よろしくお願いいたします」

カロンはシビラに流し目をくれ、低く、ささやくように言った。

「お前も、ラッセルも……あまり悪魔をなめていると痛い目に遭《あ》うぞ」

「ご忠告ありがとうございます」

シビラは振り返りもしなかった。

カロンは屋上のふちに立ち、海を見下ろす。

深夜の海は、星ぼしの弱々しいかがやきなど呑み込んでしまっている。ただただ、暗黒。その中に、真新しいあぶくが立っている。

「『私が』誰とどういう契約を結ぶかは、『私の』ポリシーにのっとり、『私が』決める」

カロンは、寂びた声でつぶやいた。

『たすけて』

「小娘。——この大悪魔カロン、お前の〈願い〉を聞き届けたぞ」

Passage 2

契約

身体《からだ》が、重たく冷たく苦い水に包まれている。もがいてももがいても抜け出せない。それどころか、身体がさっぱり言うことを聞いてくれない。

まるで手足がなくなったかのように。

——助けて。死ぬのはイヤ……苦しいのは、イヤ……。

身体はどんどん沈んでいく。必死に顔をめぐらせても、見えるのは暗黒だけ。

かと思いきや、闇の中に、シビラ・ベッカーの姿が浮かび上がった。

くいっと眼鏡《めがね》を直し、無表情で言い放つ。

「ノエル様は悪魔と契約した人殺しですので。ご自分のやったことを考えれば、その苦しみもまた当然かと」

——でも、でも。あなたも、ステラステージの社長は悪い人間だって……死んだほうがいい人間だって……。わたくしは、ただ……式典奏者になりたかっただけ……。

シビラの幻影が揺らぎ、耳障《みみざわ》りな鴉《からす》の鳴き声が響いた。

シビラの姿は、大悪魔カロンの姿に取って代わっていた。陶酔《とうすい》を表現する舞台役者のように、カロンは両手を広げる。

「ああ、素晴らしい。そんな理由で人殺しを願うとはな。代償《だいしょう》はお前の魂《たましい》だというのに!」

——そんな代償があるなんて、聞いてませんわ。

「人を殺しておいて、いいわけかい? キミは自分のことしか考えていないんだね、ノエル君」

バロウズ市長まで責め立ててくる。

しかし、一番、こたえたのは……次に現れた、ジリアンの表情だった。

「そんなに式典奏者になりたいの？　そうやって次はボクを殺して、式典奏者になりかわるつもりなんでしょ？」

ジリアンは真っ白いドレスを着ていた。漆黒の闇とはあまりにも対照的で、目がちかちかする。それでも、彼女の、自分を蔑《さげす》んだ目つきははっきりわかる。

ジリアンの足下で、ノエルはただ、芋虫《いもむし》のようにのたうつ。血まみれで。息もたえだえに。

——ジリアン。わたくしは、そんなこと、しませんわ。わたくしは……、ただ……、助けてほしいんですの……。

ジリアンの姿は消えた。

ごぼぼっ、と口からあぶくが出ていく。ここは相変わらずの水中。深海の真っ只中《ただなか》。自分は沈み続け、堕《お》ち続けていく。水面に上がろうにも……身体が……手足、が……。

——イヤ……。助けて……。たすけて……。

遠くで、ずっと遠くで、鐘が鳴った。

葬儀《そうぎ》を知らせるような、低く不吉な鐘の音が聞こえる。

「!!」

一気に呼吸が楽になる。

夢だ。悪い夢をみていたのだ。

はあはあと息を荒らげながら、ノエルは飛び起きようとした。

が、身体が動かない。拘束《こうそく》されているのだろうか。

いや。

「う、腕が……ない……!?」

両腕がなくなっている。不思議と痛みは感じない。そのかわり、たとえようもない違和感と喪失感がある。黒いドレスの袖《そで》が、肘《ひじ》よりも上の部分で縛られている。

どうして。

一瞬そんな疑問が頭に浮かんだが、ノエルはすぐに思い出した。

自分が廃《はい》ビルで、シビラ・ベッカーに言われるがまま、悪魔と契約したこと。

悪魔は契約にもとづき、ノエルが顔さえ知らない大企業の社長を殺し……、

『おい。〈代償〉を支払うのを忘れるな』

ぶぢ。

両手両足が吹き飛んだことを、覚えている。

意味がわからなかった。悪魔が何かしたようには見えなかった。自分の手足は、千切れ飛ぶのが当然であるかのように吹っ飛んでいった。恐ろしい痛み。止まらない血。

「……あれ？　な、なぜか足はありますけど……」

ノエルは身じろぎし、ベッドから足を下ろした。

こちらも、腕の付け根同様、すさまじい違和感だ。足を床に下ろしたはずなのに、床の感触がまったく伝わってこない。生まれてからずっと付き合ってきた重さとちがう。

「まさか、義足?」

誰が、いつ、つけてくれたのか。

それにあらためて自分の姿を見てみると、見覚えのない黒いドレスを着ていた。優雅《ゆうが》なドレープスカートだ。このまま式典に出ても恥ずかしくないような。

「…………」

自分は今、式典会場にはいない。ピアノの前にも座っていない。

見たこともない家の中だ。空気はまるで倉庫の中のようだった。埃《ほこり》っぽく、かなり乾燥している。自分がかぶっていた毛布も、周りの家具も、かなり古いものだ。

「あっ!」

無意識のうちに立ち上がろうとして、ノエルは前につんのめった。

いや、つんのめるだけではすまず、かなり無様《ぶざま》に倒れてしまった。

「い……いたた……。う、うまく歩くのにはコツがいりそうですわね……」

立ち上がろうとして、重大なことに気づいた。

「え。これ、どうやって立ち上がればいいんですの?」

今までは転んでも立ち上がることくらいなんでもない動作だった。

それは腕があったからだ。

「だ、誰か! 誰か来てくださいまし!」

思わず家にいる調子で叫んだが、人が来る気配はない。ノエルは仕方なく、たいへんな苦労をしながら立ち上がった。壁と全身を使い、言うことを聞かない義足と格闘しながら。

「こ、転ぶたびに、こんな……息を切らさなければなりませんの？」

腕がないというのは、想像を遥《はる》かに超える不自由さだった。今まで自分が、どれほど無意識に手を使っていたのかがわかる。

手でバランスを取ることも、壁に手をつくことも、乱れた髪をかき上げることさえできない。

よろよろと、よちよちと、ノエルは二度と転ばないように、慎重に家の中を歩いた。

家具はどれも長いこと使われていないようで、埃をかぶっていた。

バスルームに向かう。顔を洗いたかった。洗面台を見つけ、蛇口《じゃぐち》をひねろうとして……また、腕がないことを思い出した。

呆然《ぼうぜん》としたノエルの顔が、薄汚れた古い鏡に映っていた。

金髪は乱れている。目も腫《は》れぼったい。

かわいいとか、将来は美人になるとか、容姿もさんざん褒《ほ》めそやされてきた。顔立ちはともかく、カシス色の瞳はノエルのひそかな自慢だ。この繊細《せんさい》な色合いは、母親から受け継いだ。

他にこんな色の瞳をした人間に出会ったことがない。

ジリアンの紫の瞳も、変わっていて……綺麗《きれい》だと思った。

「…………」

みじめだ。

今の自分は、顔も洗えない。

転ばないように歩くだけでも精一杯。

——いいえ、でも……。どこも痛くありませんわ。義足がついて、ドレスまで替わってる。そもそもわたくしは、たしか、シビラさんに海に落とされて……。

手足はないが、自分は生きている。どこなのかもわからない場所で。

「誰かが……助けてくれたんですの？」

そういうことになるだろう。

義足の付け根が痛いが、それは自重で切断面が圧迫されているためのようだ。傷の痛みとはまったくちがう。

あのときはひどい出血だった。あのまま失血のせいで死んでもおかしくなかったはずだ。にもかかわらず傷はふさがっている。ひょっとして、あの日からずいぶん月日が経っているのか。死ななかったことには安心したが、日にちが経っているのなら、両親が心配しているのではないか。その考えに至ると、背筋が寒くなった。

帰らなければ。

気持ちははやるが、足は思うように動いてくれない。玄関を探して、ノエルは見知らぬ廃屋を歩き回った。

そして、ピアノを見つけてしまった。

埃まみれの、古いアップライトピアノ。確実に調律《ちょうりつ》はされていないだろう。それでも、音が聞きたくなった。鍵盤《けんばん》を叩《たた》こうとして――。

「……！」

それができないことに気がついた。

「ピアノが……弾《ひ》けない……」

身体が勝手に震えだした。どうして今までこの事実に気がつかなかったのか。転んでもなかなか立ち上がれないこと、顔も洗えないこと。それよりも重大な不自由があるではないか。

ピアノが弾けない。もう二度と。

あの長く細く、鍵盤を叩くのにぴったりの指がない。

ピアノが弾けなければ、あの手指がなければ。ノエル・チェルクェッティである意味がない。

ノエルはよろめき、後ずさりをしようとして、また転んだ。痛みも衝撃《しょうげき》も他人事《ひとごと》のようだった。ピアノが弾けない。もう自分はピアノが弾けない。式典での演奏どころか、子供や初心者のための練習曲さえ弾けない。

もはやピアノを見ていられなくなり、ノエルは這《は》いずるようにしてそこから逃げた。どうやって自分が立ち上がったのかよくわからない。

よろめきながら、ノエルは、建物の外に出ていた。

「……え、こ、ここは……？」

ノエルは我が目を疑う。そして、自分はラプラスではない町にいるのかと思った。景色にまったく見覚えがない。こんな――こんな、汚《きたな》らしい界隈《かいわい》には近寄ろうともしなかったから。

空は薄曇り。この明るさから見るに、時刻は正午すぎだろう。

そこらじゅうにゴミが落ちていて、街全体が異臭《いしゅう》を放っている。建物の壁は落書きだらけだ。

男の怒鳴り声が聞こえたかと思えば、若者たちの馬鹿《ばか》笑いも聞こえてきた。

呆気《あっけ》に取られながら、ノエルはのろのろ歩いた。

ノエルがいた建物の周囲に人気《ひとけ》はなかったが、少し歩いただけで人びとの生活感が現れた。

建物と建物のあいだに洗濯紐《せんたくひも》が渡され、すり切れそうな安物の服が干されている。老朽化《ろうきゅうか》したマンションの入り口では、髭面《ひげづら》の中年の男が煙草《たばこ》を吸っている。ノエルをしかめっ面で睨《にら》みつけてきた。

ノエルは慌《あわ》てて目をそらす。足下に新聞が落ちていた。日常的に目にしていたローカル紙だ。

『またも商業区で爆発　爆弾魔の犯行か』

ラプラスで頻発《ひんぱつ》している爆破事件の記事が目立つ。となると、ここもラプラス市内か、もしくは近郊の町だろう。にわかには信じがたいが、ノエルの邸宅《ていたく》はそう遠くないはずだ。

少し先に進むと、階段があった。まだ慣れていない義足で階段の上り下りをするのは危険だ。ノエルは仕方なく引き返した。

見慣れない街の見慣れない建物ばかりだ。おまけに頭が混乱している。どの建物で目覚めたかはっきりわからなくなってしまった。

狭い路地への入り口に、二羽の鴉《からす》がいた。地面の上の何かをついばんでいたが、ノエルが近づくと、大きな翼を広げて飛び立った。

この路地から出てきた気がする。ノエルはためらいがちに狭い路地を通り、ドアが開きっぱなしの建物に入った。

「おかえり」

「ひっ!?」

突然、なんだか聞き覚えのある渋い声に出迎えられて、ノエルは軽く飛び上がった。あやうく尻餅《しりもち》をつくところだった。

「あ、あなたは！」

乾いた空気。埃まみれの廃屋。ぼろぼろのカーテンや板でふさがれた窓。昼間であっても、ここは薄暗い。そんな中に、鴉めいた頭部を持つ男が立っている。

忘れもしない。こいつは……、この、悪魔は……！

大悪魔カロンだ！

「まあ、落ち着くがよい。大悪魔はむやみに人を襲うような真似《まね》はしない」

「こっ……これが落ち着いていられますか！　わたくしはあなたに両手足を……、よ、よくも……よくも……!!」

悪魔に対する恐怖よりも、彼にあの夜の痛みと混乱をもたらされたという怒りが先に来て、ノエルは激昂《げっこう》した。しかし、カロンはまったく動じず、露骨《ろこつ》に呆《あき》れた様子で嘆息《たんそく》しただけだ。

「……やはりそういう反応になるか。お前はほんとうに何もわかっていないようだな」

「な、なんですって!?」

「お前がそうなったのは他の誰のせいでもない。まぎれもなく、お前の軽率さのせいだ。自業《じごう》自得《じとく》という言葉を知っているか？」

「ッ、そ、そこまで言うならまずは説明してくださいまし。ここはどこですの？　あのあといったいなにがあったんですの？　この状況はいったいどういうことですの!?」

「わかったわかった。阿呆《あほ》にもわかるようにひとつひとつ教えてやる」

「アホ!?」

「大きな声を出すな。――どうせそれ以上失うものもないだろう。焦《あせ》る理由もまたなし、だ」

カロンはゆっくりと、埃まみれのソファーを指さした。

座れ、ということらしい。

カロンは低く寂《さ》びた声で、ほんとうにひとつひとつノエルに教えてくれた。

ここはラプラス市内であり、俗《ぞく》にスラムと呼ばれている界隈だった。富裕層のノエルが住んでいたラプラス上層区とは対極にある環境だ。

毎日何かしらの犯罪が起きており、建築物の無許可の建て増しや解体が繰り返されている。人の出入りは激しく、貧しい町や村からの出稼《でかせ》ぎ労働者も多い。そして、ラプラスで犯罪を犯した者が潜んでもいる。この地区の人口は、役所も正しく把握《はあく》していないだろう。

それゆえ空き家がかなり多い。ここはそんな家のひとつだ。犯罪者が身を隠すにはおあつらえ向き。

悪魔と契約し、殺人を依頼したノエルは、立派な犯罪者となった。

ここさえ仮の住まいにすぎない。もはや警察の目を盗みながら生きていくしかないのだ。

「……契約……。そうでしたわね。わたくしは、あなたと契約を……。でも、なにがなんだかよくわかりませんでしたわ。特に後半」

「それについても教えてやるのはかまわないが、覚悟《かくご》しろ」

「なぜです？」

「中にはお前にとってつらい事実もあるかもしれないぞ」

「……わ、わかりましたわ」

手足を失い、満足に生活ができなくなったばかりか、二度とピアノが弾けない。これ以上ショックなことが重なっても、もうどうということはないはずだ。ノエルは内心開き直りながらも、真剣な眼差《まなざ》しをカロンに向けた。

「お前は廃ビルでシビラ・ベッカー――バロウズ市長の秘書に言われるがまま、私を召喚《しょうかん》し、そして殺しを願った。だがお前は愚《おろ》かにも、悪魔との契約がどういうものかを知らずに契約したのだ」

「ど、どういうものか……とは？」

「いいか、悪魔との契約はタダではない。契約者は必ず代償を負わなければならないのだ」

ノエルは思わず自分の身体を見た。

『――おい。〈代償〉を支払うのを忘れるな』

あの夜、カロンがそう言った直後、ノエルの手足は一度に全部吹き飛んだ。

『お前ごときの魂や身体で大企業の社長の殺害を支払うなら、まあ……両手両足、といったところだろう。言っておくが器の価値が違いすぎる。これでもサービスしたほうだぞ』

こんなことも言っていたと思うが、あのときのノエルはそれどころではなかった。

「悪魔が何を代償として奪うか、それはすべて悪魔が決める」

「つまり、わたくしの両手足は悪魔の契約の代償に奪われたと……？　そ、それはおかしいですわ。だってわたくしは、式典奏者にい、い、い、いなるためにあなたと契約したんですのよ!?　代償がこれじゃあ、式典奏者どころかピアノが弾けませんわ！　契約と違うじゃありませんの！」

「お前の願いは『ステラステージの社長を殺すこと』、それだけだ。式典奏者うんぬんは殺しの理由だろう。契約のうちには入らない」

カロンの赤い眼《め》が、そこでわずかに歪《ゆが》んだ。――愉快そうに。

あの夜も彼はそんな笑みを見せた。ノエルの背筋が、ぞくっと冷える。

「式典奏者になるために人を殺し、その代償として両手足を失うことになる――その本末転倒な、矛盾した末路が気に入った。だから私は、お前と契約してやったんだ」

この悪魔は、まさに悪魔だ。

人間が破滅するさまを見るのが愉《たの》しくてたまらないのだろう。

ノエルは唇を噛《か》み、知らずカロンを睨《にら》みつけていた。

「おっと。話が違うとか先に言えとかのたまうなよ？　人間と大悪魔の契約は、けっして対等ではないのだ。すべては悪魔の一存で決められる」

「…………」

「悪魔の契約で支払われるのは、金ではなく〈魂〉だ。悪魔はそれだけ人間にとって危険なもの。召喚さえすれば、なんでも願いを叶《かな》えてくれる――そんな都合のいい魔法ではない。世の中、そんなにうまい話があるものか。お前はそんなことも知らないまま契約した」

たしかにそうだ。ノエルはカロンを睨んでいた目を伏せた。

いくら裕福な家庭で何不自由なく暮らしてきたといっても、もう十五だ。悪魔に言われるまでもなく、世の中そんなに甘くはないことは知っている。メリットの裏にはデメリットもあるのだ。

なぜそれを、あのとき自分は、シビラに確認しなかったのか。

シビラが持ちかけた都合の良すぎる話の中に、ピアノや式典奏者の座のことを盛り込まれ、すっかり目がくらんでしまったのだろう。

「だからこそシビラは、自分が悪魔と契約するのではなく、お前を言いくるめ、お前に契約させたんだ。……ところでお前は、どうしてあんな場所にいた？　その口調に、その世間知らずさ。大方金持ちだろう。あんな廃ビルに縁はないはずだ」

「そ、それは……バロウズ市長に、あの場所と時間を指定されて……」

「では、もう疑う余地もないな。バロウズもグルだったというわけだ」

「……!?」

「お前は、利用されたのだ」

急に、そんなことを言われても。

ノエルは混乱した。なぜ突然、市長の名前が――ラプラスを平和に導き、今も完璧《かんぺき》に統治している男の名前が出てきて、お前は騙《だま》されただけだと言ってくるのか。

市長とシビラは、悪魔を使ってでもステラステージを潰《つぶ》すことが、ラプラスのためになると言っていたはずだ。ノエルは、人をひとり殺すことにほとんど罪悪感を覚えなかった。それは、殺す相手が悪徳企業のトップであると言い聞かされたからかもしれない。

たしかに、願いの大本《おおもと》こそ自分の欲望にもとづいたものだった。だがそれが、まわりまわってラプラスのためにもなるならば、と。

そんなノエルの心中《しんちゅう》を見透かしたか、悪魔は静かに目を閉じて細い息をついた。

「まあ、この話はいったん置いておくとしよう。他に確認したいことがあるのではないか?」

「そっ……そうですわ。なぜあなたがここにとどまっているんですの? あなたとわたくしとの契約は終わったはずですわ」

「ああ、終わった。ステラステージの社長を殺せという『第一の契約』はな」

「『第一の』……?」

「お前はもうひとつ願っただろう。私の目を見て、お前はこう言った。『助けて』と」

あ、とノエルは言葉に詰《つ》まる。

あのとき……、シビラに髪を鷲掴《わしづか》みにされ、屋上の端から投げ落とされる瞬間。

たしかに、カロンと目が合った。

「それが『第二の契約』、ふたつめの願いだと判断した。私はお前を海から引きあげ、傷をふさぎ、ここまで運んだ。両手足を失った犯罪者を道ばたに転がしておいても、『助けた』ことにはならんからな。その義足も、さすがに両手足がないと何もできないだろうと思って足だけサービスしてやったんだ。感謝しろ」

カロンは目を閉じ、堂々と胸を張った。

ノエルは押し黙ってしまった。

両手足をぶっちぎった悪魔に、感謝?

黙っていると、カロンはむっとしたように眉間《みけん》にしわを寄せ、ノエルを睨んだ。

「感謝しろと言っている。ほれ」

「え。あ、ありがとうございま――」

つい乗せられて礼を言いかけてしまったが、ノエルはすんでのところで口をつぐんだ。

「うむ？　どうした？」

「あ、あの。そういえば、わたくしの服が新しくなっているんですけれど……」

「ああ、それもサービスだ。海水漬《づ》けのうえボロボロだったし、そもそも血まみれだったからな。なるべく似た衣装を探してきて着替えさせてやったんだ」

「そ。――そ、それはつまりっ、み、見たということですの⁉」

「見た？」

「い、いえ、『着替えさせた』ということは……！　……へ、ヘンタイですわ‼　ロリコンですわっ‼　乙女《おとめ》の純潔《じゅんけつ》をどうしてくれますの⁉」

顔を真っ赤にして叫ぶノエルとは対照的に、カロンは冷静そのものだ。というよりも、半分呆《あき》れている。

「そういうことか。安心しろ。悪魔は人間の裸体になど、これっ・ぽっ・ちも、興味がない。ましてお前のようなガキが気にすることでもないだろう。百年早いとはよく言ったものだ」

「ううう……！　まるで悪魔ですわ……！」

「まあ、悪魔だからな」

「……ぐぬぬ……」

「そんなことよりもだ。そろそろ自分の立場がわかってきたか？」

ノエルは、のろりとうなずいた。まだ整理できていないことはあるが、自分が置かれている状況はよくわかった。そして……。

「……ええ。わたくしを海から引きあげてなお、あなたがここにいる理由もわかりましたわ」

「ほう。答え合わせをしてやろう」

「……あ、あなたは、わたくしに……『第二の契約』の代償を払わせるためにここにいる。命を助けた代償に、魂を捧《ささ》げろというのですね!? そうでしょう！」

手足を奪われたうえに、社会的に死んでいるも同然。これ以上のものを支払えと言われても、ノエルにはもう命くらいしか残っていない。

悪魔についての知識はほとんどなかったが、かれらが人間の『魂』を欲していることくらいは知っている。

自分はこの悪魔に殺されて、魂を取られ、糧《かて》にでもされてしまうのだろう。

神のもとにはもちろん、地獄にさえ行けないのではないか。

なぜわざわざ義足や新しいドレスを与えてくれたのかはわからないが——彼がドSであることはよくわかった。少しの希望を与えてからどん底に突き落とすのが目的なのかもしれない。

死ぬのは嫌だったが、抵抗などできそうもない。固唾《かたず》を呑《の》んで『正解』を待つノエルを見下ろし、カロンは赤い眼を笑みのかたちに歪めた。ククク、とのどの奥で笑い声も転がした。

「不正解だ、小娘」

カロンは不機嫌そうに吐《は》き捨てた。

「私はそんな意味のない取引は望まない。いいか、悪魔の契約とはもっと汚いもの、滑稽なものであるべきなのだ」

「……はい？」

「人間が自分の魂を賭《か》け金に、イカサマをしようとする——なればこそ、愚かで、醜《みにく》く、笑えるものでなければならない！　腕をもいで富を！　命を割《さ》いて幸福を！　そういう馬鹿らしい矛盾した欲望こそ、高潔なる悪魔に捧げるにふさわしい！」

これまで落ち着き払って話していた大悪魔だったが、何かが彼の心に火をつけたようだ。オペレッタでも演じているかのように両手を広げ、狭い居間をうろうろしながら、カロンは突如熱弁を振るいだした。

「人間が自らの身体や魂を切り売りし、血を流しながら黄金の山に頬《ほお》ずりする……その光景こそが最高のショーなのだ！」

「え、えぇぇ……？」

「それがどうだ、ヤツらは契約の穴を突き、お前は悪魔がどういうものかすら知らぬままホイホイ契約する阿呆だ！　これでは興醒《きょうざ》めもはなはだしい!!　ふざけないでいただきたい！　悪魔をもっと恐れ、敬《うやま》いたまえ！」

それは大悪魔カロンが抱く美学であり、彼にとっては不可侵《ふかしん》のものなのだろうが——。

なんだかノエルはカチンときた。

「な……、なんなんですの、いきなり逆ギレしないでくださいまし！　ふざけないでいただきたいのはこっちですわ！　言ってることも意味不明ですし、代償に両手足を奪うだなんてそんな大事なこと、ちゃんと契約前に確認してくださいまし!!」

「だからそれをいちいち説明してやる義務なんかないんだよ！　悪魔の契約は悪魔が一方的に

決められるとさっき言っただろう！　しかもその上で、私はちゃんと念を押しただろうが！　お前の意思で、悪魔の契約で、殺しを願うのかと！」

「もっとわかりやすく言わなきゃ伝わりませんわ！」

「このゆとりお花畑娘が……！」

「鳥頭！」

「鳥ではない!!　悪魔だ!!」

いつのまにかただの言い争いになっていた。紳士《しんし》と淑女《しゅくじょ》の対話とはとても言えない。しかもノエルは自分でも気づかないうちに立ち上がっていて、カロンに詰め寄っていた。さっきまで「魂を取られる」とびくついていたのに。

カロンもカロンで、話を始める前に自分が「大きな声を出すな」と言ったのを忘れたのだろうか。

お互いに軽く肩で息をし始めたことに気づいて、ノエルはどすんとソファーに座り直した。

「……はあ、もういいですわ。わたくしもあなたも、望まない契約だった。そういうことでしょう？　でしたら契約は取り消しますから、両手足を返してくださいまし」

「馬鹿が、物事はそう都合良くいかない。死んだ人間は生き返らないし、契約に取り消しはない。だからこそ、お前は抱えていくのだ。その傷と過ちを、一生な」

ついさっきまでノエルと子供じみた言い争いをしていたとは思えない、冷徹な悪魔の言葉が、ノエルの胸に突き刺さった。

ふさがれた傷口が開いたようにさえ思えた。

結ばれた両袖と、感覚のない両足を見る。

契約の取り消しはない。一度やってしまったことは取り返しがつかない。これが無知と自分勝手な願望の代償。

でも……。それにしても……。あんまりだ。

手足がなければ、ピアノを弾けない。

ピアノは、ノエル・チェルクェッティの、すべてだった。

「そんな……。……こんなことになるなんて……。こんな……。わたくしはただ、ピアノで一番になりたくて……それだけでしたのに……」

ふん、とカロンが低い声を漏らしたが、あまり小馬鹿にしたような雰囲気ではなかった。

「……そんなお前にいい知らせがひとつある」

「……え……？」

「私は機械ではないから、多少の融通《ゆうづう》が利《き》く。ステラステージの社長を殺せという願いはお前が言わされた願いだ。そうだな？」

「……ええ。そう……なりますわね」

「両手足を失うと知っていたら、契約はしなかったか？」

「当たり前ですわ！」

「よし。ならばあの契約は『間違ってしてしまった契約』だ。契約そのものはもはや取り消せないが、特別に――もし、この契約が叶えた『本当の願い』をぶっ壊《こわ》すことができたら。私はお前が払った代償を返してやろう」

契約を。

壊す？

手足が返ってくる方法が、ある？

ノエルは身を乗り出していた。

「『本当の願い』？　ど、どういうことですの!?」

「ラッセル・バロウズ。私はヤツのことをよく知っている。ヤツは善人面をしているが、本性は極悪にまみれたラプラス一《いち》の大悪党だ」

この悪魔が突然何を言い出したのか、にわかには理解できなかった。

あの〈市民の誇《ほこ》り〉、ラプラスの良心とも言える男が、悪魔にさえ大悪党と言わしめるほどの悪人だというのか。

そういえばカロンは、「ノエルはバロウズとシビラに利用されただけ」と断言していた。

「今回お前を悪魔と契約させたのも、単純にヤツの金儲《かねもう》けにとってステラステージが邪魔だったから、それだけだろう。もちろん本当は式典奏者うんぬんなぞまったく関係がない。お前は適当な作り話で適当に騙され、バロウズたちの願いを、代わりに願ってしまった」

「そ、そんな話――」

やはり、とても信じられない。しかしノエルの言葉などお構いなしに、悪魔は話を続ける。

「『本当の願い』は、単なる金儲け。そのバロウズの金儲けをメチャクチャにできれば――お前の手足を返してやる」

ノエルはようやく気づいた。

これは……取引だ。契約である。恐るべき悪魔との。

「バ、バロウズ市長と、戦えということですの?」

「……復讐《ふくしゅう》だ」

「!」

「お前を利用してハメた、憎き市長……。ヤツの、他人の骨で組まれた血まみれの玉座《ぎょくざ》をぶっ潰してやれ」

「……復讐……」

「お前は私に『助けて』と願ったな。この大悪魔カロンはお前の願いを聞き届けた。この契約は、お前が復讐を遂《と》げたその瞬間をもって満了とする」

カロンの低く寂びた声は、薄暗い居間の中、ノエルの胸の中に、おごそかに響いた。

「はっきり言って私は、ヤツらにハラワタが煮えくりかえっている。高潔《こうけつ》なる悪魔の契約をありきたりな金儲けに利用し、あまつさえ〈代償〉の清算から逃げようとしているのだからな」

静かな声に耳を傾けていると、ノエルの中にも怒りが湧《わ》いてきた。

それは燠火《おきび》のように静かで、ゆるやかだった。しかし確実に、じりじりと、ノエルの内側を燃やしていく。

自分は、利用されたのか。本当に。

「お前は、バロウズたちに復讐して手足を取り戻すため、私という戦力が必要だ。そして私は、このふざけた契約をぶっ壊すために、契約者本人であるお前の協力が必要だ。気に食わないが……我々はお互いの目標のために、お互いが必要なのだ」

「…………。わたくしは……許せませんわ」

ノエルは、カロンの顔をまっすぐに見た。赤い眼が、一度ゆっくりとまばたきした。

「そのお話が本当だとしたら、許せませんわ」

カロンがいぶかしげに目を細める。が、無言でノエルに話の続きを促《うなが》した。

「わたくしは、あなたの言うがままを信じることはできません。たしかにシビラさんにひどいことをされた記憶はあります。バロウズ市長に呼び出された記憶も。……でも、やっぱり……何かの間違いなのではないかと、思ってしまいますの」

「私の言うことがでたらめだと疑っているのか？　……いや、ちがうな。お前はまさに今、人に言われるがまま行動したせいでそうなっているんだ。両手足を失えば、いかに愚かでも慎重になるか。いやはや、まったくもってその通り」

言い回しは皮肉めいていたが、カロンの眼差しは真剣だった。

彼の顔は、あらためてよく見てみると……真っ黒だ。どこからどこまでが嘴《くちばし》なのかもわからないほど。眉間にしわは寄るものの、人間のように表情が豊かだとは言えない。

しかし、どうしてか――あのシビラよりも、ずっと心の動きが見て取れる。ある意味彼女よりも人間くさい。

「だったらどうする？　情報収集でもして裏を取ってみるか？」

「いえ、そんな必要はありませんわ。ご自宅にうかがって、本人に直接聞けばいいんですのよ」

ノエルが考えを言うと、

カロンが数秒硬直《こうちょく》した。

「は？」

赤い眼をほぼ丸にしてそんな声を発したかと思うと、彼は怒濤《どとう》の勢いでツッコミを入れてきた。

「いやいやいやいやいやいや、〈官邸《かんてい》〉はヤツらの本拠地だぞ!? いきなり一番警備が厳しい場所に行くやつがあるか！」

「べつに殴り込みに行くわけじゃありませんわ！ お話をうかがうだけでしてよ！」

「なるほどわかった、やはりお前は阿呆だろう！ いやド阿呆だ！」

「な!?」

「ヤツらにとってお前はもう死んだ人間なんだよ。よけいなことを知ってる、始末したはずの人間が玄関から『どうもこんにちは』なんて訪ねてきたらどうする？ 今度こそ！ 丁寧《ていねい》に！ 確実に！ 絶対に！ 虫ケラのように殺されて終わりだぞ！」

「いいえ、わたくしは市長に直接お話を聞かなければ信じませんわよ！ だって市長が悪人だなんて、ラプラスに住む誰もが信じられませんわ、そんな話……！」

「思い込みの激しい娘だな、これではヤツに目をつけられてもおかしくないというものだ！」

「嫌ならべつについてこなくてもいいんですのよッ！」

「このままお前を行かせたらコロッと死ぬだけだ。それでは契約の取り消しができなくなるだろうが……！」

カロンは忌々《いまいま》しそうに眉間《みけん》にしわを寄せてノエルを睨んだかと思うと、急にその目をそらした。ちっ、と舌打ちの音が聞こえた。嘴は相変わらずいっさい開閉していないが、その中には舌があるということなのか。

「まったく。今回だけだぞ！　お前がバロウズへの復讐を決めないかぎり、私が助けてやる義理も理由もないが、今死なれると困る。特別に手助けをしてやろう」

「一部ではそういう態度というか行動というかを『ツンデレ』というらしいですわよ」

「なんだそれは。一部とはどういう輩《やから》だ」

「ともかく、ありがとうございます。悪魔って意外と親切なんですのね」

「ちがう。さっきも言っただろう、私は融通が利くのだ」

カロンはにべもなく吐き捨てると、ノエルに背を向けた。

「……出発は夜だ。それまで適当に時間を潰すんだな」

「あっ、ちょっと。どちらへ？」

「私は私で適当に時間を潰してくる」

こんな昼間に、悪魔が外を出歩いていいのか。そういえば、ノエルがこの家で目覚めたときも彼はいなかった。あの長軀《ちょうく》と頭部では、身を隠すのにも苦労しそうだが。

ノエルが声をかける間もなく、カロンは空き家を出て行った。

ノエルはあまり出歩く気にならなかった。カロンが突きつけてきた事実と、提案してきた取引。長い会話だった。病み上がりと言ってもいい身体にはこたえる。

リビングの片隅には古いテレビがあった。そばにはリモコンがある。ノエルは手を伸ばそうとし——一拍遅れて、今の自分には両腕がないことを思い出す。この混乱にはなかなか慣れそうもない。

この家には電気が通っている。それに気づいたのは、冷蔵庫から発せられている『音』のためだった。ぶうううん、という古ぼけたファンの唸《うな》り。ノエルにはそれが聞こえていた。だからきっと、テレビもつくはずなのだ。

ただただテレビのスイッチを入れるだけでたいへんな苦労をした。最終的には、ノエルは顎《あご》でリモコンのボタンを押していた。

思った通り、テレビがついた。またたいへんな苦労をしながら、チャンネルを切り替える。

見たいのはただひとつ、ニュースだ。特にローカルの。

ノエルの求めていたものはすぐに画面に映し出された。

海運会社ステラステージ本社ビル前。

大企業が大混乱に陥っているという報道。

というのも、社長が二日前に急死したというのだ。

ノエルは、体内に氷でも押し込まれたかと思った。恐怖と驚愕《きょうがく》は、こんなにもひと息に体温を下げられるものなのか。

「死んでる」

テレビの音量はかなり小さく、今のノエルの震えるささやきのほうがずっと大きいくらいだった。ニュースキャスターが何を言っているか、そんなことはほとんどどうでもよかった。

ノエルは初めてステラステージ社長の姿を見た。生前のインタビュー映像が流れたのだ。

「ほんとうに死んでる……」

いや。彼は殺された。

「わたくしが……こ、ころ……」

殺したのは自分だ。カロンは殺しの手段、殺しの道具だった、と言っても差し支えない。

カロンの話がすべて真実なら、ステラステージの社長は殺されるほどの悪党ではなかった。

本社が混乱しているという報道を受けて、ノエルは自分がやったことがどういうことかを初めて実感できた。

社長が死に、会社が傾けば、大勢の社員が路頭に迷うことになる。

ラプラス支社に就職が決まっていた若者もきっとたくさんいる。

その代償が自分の手足だけというのは——ひょっとして、軽すぎるのではないか。

呆然《ぼうぜん》とノエルが見つめる中、カメラは本社前からラプラス支社前に移った。度重《たびかさ》なるトラブルでラプラス支社ビルの建設は遅れており、おまけに二日前には爆発騒ぎがあったという。

ノエルが廃ビルの屋上から見た煙はそれだったようだ。ラプラス警察によれば犯人の目星はついているという——近頃ラプラスを恐怖に陥《おとしい》れている爆弾魔だ。

今のところ、ステラステージの社長の死は、心労が重なったために引き起こされたのではないかと目されているらしい。

真実を知るのは、ノエル、カロン、シビラ。そして……市長も、なのだろうか。

ニュース番組が終わっても、ノエルはテレビをつけたまま、次第に暗くなっていく家の中でうなだれていた。

やがて、カロンが帰ってきた。彼は無言でノエルのそばに新聞を放り投げた。

しわが寄り、あちこち折れている。ゴミ箱でもあさって拾ってきたのだろうか。それでも、今日の朝刊にはちがいなかった。

一面はステラステージ社長の死と、支社ビルの爆発騒ぎを伝えている。

だが、片隅には、こんな小さな記事があった。

『チェルクェッティ家令嬢《れいじょう》行方不明二日目　手がかりなし』

最後に両親と交わした会話は、どんなものだったか。最後に見た顔は。

黙って、深夜に抜け出して……それっきり。

『……お父様、お母様。わたくし、今夜だけは不良になります。お許しくださいまし』

そう心の中で詫《わ》びたのを、ノエルは覚えている。

不良になるどころではすまされなかった。

自分は……犯罪者になり、背徳者になってしまった。その烙印《らくいん》ともいえる存在は、ノエルのそばにいる。

カロンは静かに見つめ返してきている。赤い眼は、夜が訪れた空き家の中で、じんわりと光っているように見えた。思えば、こんなにすぐ近くでじっくりカロンの姿を見つめるのは初めてかもしれない。大きな手は、黒い羽毛とも毛ともつかないもので覆われていた。

燕尾服《えんびふく》の襟《えり》では、逆十字をあしらったラペルピンが光っている。まぎれもない背教と邪悪のシンボルだ。

この悪魔を使い、自分は人を殺した。それはほんとうに、市長に踊らされた結果なのか。

――こんな……、こんな身体になってしまって。お父様とお母様が見たら、どう思うかしら。

帰りたいけれど……帰って、わたくしは生きているということだけでも伝えたいけれど……このままでは、帰れませんわ。

やがてカロンは目を閉じ、細く息をついた。

「気が変わった様子ではなさそうだな。行くならさっさと行くぞ」

「あなたの話はまだ信じられませんけれど……命を助けてくれたことは、感謝しますわ」

「契約だからな。代償はあとできっちり清算してやるから覚悟しておけ」

言葉の内容とは裏腹に、カロンはノエルに手を差し伸べてきた。紳士そのものの振る舞いだ。

ノエルは男性の手を取って立ち上がる所作《しょさ》には慣れていた。けれど……今は、腕がない。淑女のように振る舞えない。

カロンの大きな手は、そんなノエルが立ち上がるのを支えてくれた。

悪魔の黒い手は、意外にも、温かかった。

Passage 3

訪問

現バロウズ邸《てい》は、俗に〈官邸〉と言われている。

ラプラスには市長のための邸宅があった。二〇〇年以上前に建てられた立派な屋敷で、国の重要文化財にも指定されている。市長に就任した人間とその家族は、代々その屋敷に移り住んできた。

だから、誰かが揶揄《やゆ》して呼び始めた〈官邸〉が、今やラプラス市民のあいだで定着していた。ラプラス外から来た人間は、官邸と呼ぶのはいささか大げさではないかというのだが、実際目にすれば多くが納得する。

市長官邸はそれほど大きく、遠巻きに眺めても、長い歴史を感じさせる貫禄《かんろく》を持っていた。とはいえ、中は一般公開されていないし、前市長の時代からはかなり警備が厳しくなったと聞いている。ノエルも、通りすがりに外観を見たことがあるだけだ。

「義足の調子はどうだ?」

「ゆっくり歩くぶんには問題なさそうですわ」

「転んでも手をつくことすらできないがな」

「人を怒らせる冗談を言わないでくださいまし」

「言いたくもなるさ。お前の行動はメチャクチャだからな」

官邸を囲む木々を見上げるカロンは、早くもうんざりした様子だった。

「対面して、本人からすべてを説明してもらわなければ整理がつきませんもの。バロウズ市長たちはほんとうにわたくしを騙《だま》したのか……」

「どうかしている。自分を殺そうとした相手にわざわざ自分から会いに行こうとは。……いいか、もう一度言うぞ。今お前に死なれると困るのだ」

カロンはノエルを見下ろすと、なかば睨《にら》みつけながら、人差し指を立てた。

「契約者本人であるお前が死ぬと、お前と結んでしまった第一の契約をなかったことにできなくなる。そして、お前を助けるという第二の契約も達成できなかったことになる。お前は今、私の悪魔としての名誉を背負っていると思え」

「手足を奪った悪魔の名誉なんて知ったこっちゃないですわ。それなら死ぬ気でわたくしを守ってくださいまし」

「言うじゃないか。わかった、バロウズに会わせてやろう。そしてヤツに現実を突きつけられて絶望するがいい。お前がどうあがこうが、真実は変わらん」

「……ノエル・チェルクェッティ」

「なに？」

「わたくしの名前ですわ、悪魔カロン！　お前お前って、さっきから失礼ですわよ！」

「……長い。姓は覚えんぞ。舌を噛《か》みそうだ」

「舌があるんですの？　あとずっと気になってたんですけれど、どこからそのムダに渋い声が出てますの？　その嘴《くちばし》は飾りですの？」

「ええい、うるさい」

カロンは肩を怒らせて先に歩き出した。やっと歩くのに慣れてきたレベルのノエルを置いて。

ノエルは小声で文句を言いながら、できるかぎり急いだ。

官邸の隣には、〈庭園〉と呼ばれる自然公園がある。もともとはここも屋敷の敷地であり、ほんとうに庭園だったのだが、二十年ほど前の市長が一般に開放した。

現在では、午前九時から午後六時までは、誰でも自由に出入りできる。この公園からは、歴史ある市長邸の一部を見ることができた。市民のあいだでは人気の散策スポットだ。

「ではノエル。この庭園を抜けて官邸に向かうぞ。このルートが一番警備が手薄だ」

「……早速見張りがいますけれど。これで手薄なんですの？」

時刻はすでに午後九時をまわっている。公園の主な出入り口は閉ざされていた。ふたりは木々の隙間から中に侵入した。

今ノエルの目には、数名の警備員の姿が映っている。

「官邸はラプラスで最も重要な施設と言っても過言《かごん》ではない。バロウズの方針上そうなった。二四時間三六五日、監視が緩《ゆる》む瞬間などない」

言われてみて、ノエルも違和感を覚えた。

市長はたしかに、『市』というものの頂点に立つ政治家にはちがいないが——それでも、「たかが市長」だ。国王や大統領とはわけがちがう。

にもかかわらず、この厳重な警備はどうだ。まるで常に命を狙われていて、それに怯《おび》えているようではないか。

だが、市長はマフィアを一掃したのだ。裏社会の人間からは恨《うら》まれていてもおかしくない。

「見張りのひとりやふたり、そのご自慢の指先ひとつで解決できませんの？　ステラステージの社長を殺したときみたいに」

「あれは正当な契約の瞬間のみ悪魔が起こせる、一種の〈奇跡〉だ。今お前が私とそういう契約を結ぶと言うのなら可能だぞ」

「で、でも、それには代償《だいしょう》が」

「当然だ。そうだな、人間ひとり黙らせるにつき腕一本といったところか」

カロンはにやりと赤眼《せきがん》を細め、ノエルはむっとして押し黙った。

「いつでも指先ひとつで人を殺したり操ったりできるなら、私は悪魔ではなく全能神を名乗るだろうさ」

「じゃあどうやって先に進むんですの！」

「……付き合わされている私が聞きたい……」

カロンはため息交じりに軽くかぶりを振ったあと、すぐそばの低木を指さした。

「物陰に隠れながら進むしかあるまい。……クソ。生き急ぐ小娘のお守りなど、なぜこの私が……」

また、カロンの顔のどこからか、舌打ちの音が聞こえた。

かと思うと、彼の腕はノエルの腰の後ろに回った。あまりにも自然に、なんのためらいもなく支えられたので、ノエルはすっかり虚《きょ》を突かれた。

「私が支えてやるから、お前は転ばないように努力しろ。お前ひとりでバランスを取りながらよたよた歩くよりは速いだろう」

「あ、あの……」

「なんだ？　何か問題か？」

「い、いえ……なんでもありませんわ……」

カロンはその服装どおり、基本的には紳士なのだろうか。支えてくれているおかげでスムーズに歩くことができたが、調子が狂っていたせいか、軽く前につんのめってしまった。

「あっ」

ちょっと大きな声を出してしまったし、小石が音を立てて飛び散った。

「誰だ!?」

警備員がふたりこちらに気づき、駆け寄ってくる。懐中電灯の光が暴れ回っている。

「み、見つかりましたわ！」

「まったく、支えているのになぜふらつく!? ……だが……あの人数なら、騒ぎになる前にどうにかできるな」

カロンの大きな手が、ノエルの腰から離れた。

その黒い姿が、さっと黒い闇の中に突っ込んでいく。一瞬、姿でも消したのかとノエルは思った。しかし、そんなことはなかったようだ。

「うわっ!?」

「いっ、悪《あく》――」

駆けつけてきた警備員ふたりは、カロンの姿をしっかり目の当たりにしたようだ。驚きと恐怖が入り交じった叫び声は、鈍い音とともに唐突に途切れた。

ノエルはよろよろのろのろと前に進む。公園の道は土がむき出しで多少でこぼこしていた。健常者ならなんのことはないだろうが、両足ともに義足になったばかりのノエルにとっては、ひどく歩きづらかった。……やはり、迅速《じんそく》に進むには誰かの支えが必要だ。

闇の中に、カロンの長身が浮かび上がる。彼は両手の親指をズボンのポケットに突っ込んで、警備員を見下ろしていた。すっくと立っており、その呼吸はまったく乱れていない。

ふたりの警備員はのびていた。ちょっと鼻血は出ているが、命までは奪わなかったようだ。

「さすがは悪魔、人間相手なら余裕ですわね！」

ノエルの口から、自然と賞賛の言葉が出てくる。カロンは得意げになるでもなく、軽く肩をすくめた。

「余裕ではあるが無敵ではないぞ。人間ごときに力負けすることこそないが、それでも戦いを続けていればダメージも重なっていくだろう」

「じゃあ意外に弱いんですのね。ちょっとガッカリですわ」

「……お前にだけは言われたくない……」

カロンは非常に心外そうにノエルを睨む。

「盾《たて》にはなってやるが、期待しすぎるなということだ。私は武闘派ではなく『本を読むタイプ』なのだ」

「は？」

「それと、お前が勘違いしないようにあらかじめ言っておくが……私はあくまでお前を手助けする存在でしかない。お前の生死にまったく関係ない場面や、手助けという契約を超えた場面では手を貸さない。今回は特別に手を貸してやっているんだ。あくまで『契約だから』であって、『お前の味方だから』ではないからな」

「わ、わかってますわよ」

「ならいい。私がいるからといって、隠れもせずに警備の中に突っ込んだりするなよ。……さあ、先へ行くか」

「この調子で、なにごともなく進めればいいんですけれど……あっ」

またつま先がちょっとしたでこぼこに引っかかって、ノエルはつんのめった。

今度は、小石も飛ばなかった。そしてノエルも倒れなかった。うんざりした様子ながらも、カロンがノエルの服をすかさず引っ張ってくれたから。

「……こっちはなにごともなくても神経がすり減っていくぞ……」

大きな大きなため息が、ノエルの髪を揺らす。さすがにノエルも気まずかった。

それからは慎重に、かつできるだけ迅速に前に進んでいった。

そのうち、足下が土から舗装《ほそう》された道に変わった。いよいよ〈官邸〉の敷地内だ。

古い屋敷の周囲を見て、ノエルは驚く。想像以上に厳重な警備だった。銃を持って巡回している警備員までいる。

――なんだか……、嫌な予感がしてきましたわ。これではまるで……敵をたくさん作っている、マフィアか何かではないですの……。

カロンの話は真実なのか。ほんとうに、確かめるべくもないことだというのか。

ノエルの頭の中は混乱してきた。それを知ってか知らずか、カロンが話しかけてくる。

「ノエル。一応聞いておくが、ここからどうやって官邸内に侵入する気だ？」

「そんなの、適当に鍵のかかっていない窓か何かから忍び込むに決まってますわ」

「そんな窓があると思うか？　この警備で」

「…………。そうですわね、なんだかずいぶんものものしいですわ。でも、調べてみないとわかりませんわよ」

「……裏に回るか」

カロンはもはや「引き返そう」とは言わなかった。すでに警備員をふたり転がしているので、もう後には引けないということか。

カロンが先に歩き出した。その足取りに、ノエルはかすかな疑念を抱く。

まるで彼は――ここ官邸の周囲がどうなっているかを把握しているかのようだ。

屋敷の北側に回ると、早速警備員がいた。アサルトライフルを持ち、防弾ベストまで着ている。けっこうな重装備だ。

カロンはわずかな身振り手振りで、ノエルに「ここを動くな」と命じた。

ノエルがうなずくや否や、悪魔は音もなく動いた。彼は自らを「武闘派ではない」と評していたが、ノエルから見ればただの謙遜《けんそん》のようなものだ。

武装している男の背後に一瞬で近づくと、その大きな手で後頭部を殴《なぐ》りつけた。カロンに力んでいる様子はなかったが、かなり痛そうな音がした。鈍器で殴りつけたかのような。

警備員は短くうめくと、そのままマネキンのように前のめりに倒れていった。

が、カロンがすばやくその防弾ベストを摑《つか》んだ。地面に倒れ込む音が上がるのを防いだのだろう。そっと男を植え込みの影まで引きずってから転がすと、夜の奥を睨みつけた。

また彼は無音の風のように動いた。ノエルが目をこらすと、奥にももうひとり警備員が立っているのがなんとか見えた。カロンには、もっとはっきり見えているのかもしれない。

カロンが何をしたかはよく見えなかったが、奥の警備員も無言で沈んだ。

――や、やるじゃありませんの。まるでニンジャですわ。

ノエルが感心していると、カロンは屋敷を見上げた。何かを探しているふうでもなく、様子をうかがっているふうでもない。その赤い眼《め》はわずかに細められていた。

目元以外に表情が浮かび上がらないために、何を考えているのかわからないこともあるが
――それは、わけありの複雑な表情に、ノエルには見えた。

やがて、カロンに手招きされた。見張りはもういないらしい。

「バロウズの私室は三階の奥だ」

「……へ、へえ……。詳しいんですのね？」

「…………。さっさと行くぞ。いつ巡回が来るかわからん」

視界で、ひらりとひらめくものがあった。ノエルと同時にカロンもそれに気づいたようだ。

換気のためか、二階の窓がひとつ開いている。赤い薄手のカーテンが揺れていた。

「ほら、中に入れそうな窓がありますわ」

「ほう。ヤツにしては不用心だな……。だが二階だぞ。私はともかく、お前はあそこまで登れないのではないか？」

むむ、とノエルは言葉に詰まる。足場にできそうなものや、摑まりやすそうなフェンスはあるが、両腕がない身には無理そうだ。

カロンが思案《しあん》に暮れていたのはほんの数秒だった。

「よし、先に私が上まで行く」

「待ってくださいまし。なにをするつもりですの?」

「心配はいらん。私が上からお前を引っ張り上げてやる」

「引っ張り上げる? わたくし、腕がありませんのよ?」

「まあ見ていろ」

カロンは二階バルコニーの下に立つと、ゴシック様式の優美なフェンスを見つめた。

カロンが細い腕を振る。

ぢゃらり、と突然の金属音。鎖《くさり》が鳴る音だ。

鎖などどこにもなかったし、カロンがそんなものを持ち歩いている様子はなかった。しかし、たしかに、現れたのだ。カロンの右手から、長い鎖が。

黒い鎖だったが、異様な赤い光をまとっていた。それは意思を持つ蛇《へび》のようにフェンスに向かっていき、あっという間に絡《から》みついた。カロンはその鎖をぐいと引っ張り、しっかり絡みついているのを確認した。

「そ、その鎖は?」

「悪魔の鎖だ。〈召喚《しょうかん》〉した」

「あなたにはそんな力があるんですのね」

「まあ悪魔だからな」

「……あの。まさか、さっき言っていた『引っ張り上げる』というのは……」

「そうだ。私が先に上に行き、お前はそこに立つ。お前の身体《からだ》をこれでぐるぐる巻きにすれば引っ張り上げられるだろう」

「く、鎖で⁉　乙女《おとめ》を鎖でぐるぐる巻きにして引っ張り上げるのはいかがなものかしら⁉」

「うるさいな。何が問題なのかわからんぞ」

「イヤですわ！　イヤですわっ！」

ノエルはその場に倒れ、文字通り全身で抗議した。両手足があったならバタバタさせていたかもしれない。

こんな駄々っ子みたいなはしたない行為はやったことがなかったが、これがやらずにいられるか。そんな見るも邪悪な鎖でぐるぐる巻きにされるなど。鴉《からす》の血以上に呪《のろ》われそうだ。すでに呪われているも同然だということはさて置き。

「そんなのチェルクェッティにあるまじき無様《ぶざま》さですわッ！」

「その行動のほうがよっぽど無様だろうが！」

カロンは眉間にしわを寄せて吐き捨てると、右腕にぐっと力を込めた。

「もういい。そのままそうしてろ、ガキめ」

「悪魔ならもっと華麗《かれい》にやってくださいまし！」

「この状況でよくそんなわがままが言えるな。……人間の名家とやらのガキはたいていこうだ。まったく」

地べたに転がったノエルの視界の中、カロンが――飛んだ。

ようにしか見えなかった。

右腕一本で鎖を摑んでいたかと思うと、カロンは軽々と跳躍《ちょうやく》して、二階バルコニーに上がったのだ。ノエルにした提案はともかく、その動きは充分華麗といえる。

彼に翼はないけれど、その鎖を使えばいくらでも高みへ行けるのだろう。

「じっとしていろよ」

バルコニーからカロンが顔と右手を出す。ノエルはこくりと生唾《なまつば》を飲んだ。

「ほ、本当にやりますの？　危なくないですの？」

「大した高さでもないだろう。何を大げさな」

カロンの右腕が上がり、振り下ろされた。

彼の目と同じ色の光が、ノエルめがけて飛んできた。ぢゃららららッ、と鎖がノエルの身体に巻き付いていく。ノエルは地面に横たわっているのに、どういうわけか、ちゃんと背中にも回っている。あっという間にノエルはがんじがらめに縛《しば》られていた。

鎖そのものは漆黒だったが、まとわりついている暗い赤色のオーラは茨《いばら》のようだ。その赤い棘《とげ》が、服や皮膚に刺さっているような感じがする。痛い、というほどではないが――。

「ふんッ！」

「!!」

カロンの低い気合が聞こえたかと思うと、ノエルの身体は宙を舞っていた。

鎖が、ぎりっと身体に食い込んだようだ。痛いというほどではなかったはずが、確実に痛い。刺さっているというか食い込んでいるのでは。これは血が出るのでは。最悪だ、この悪魔め。

「ふぎゃ！」

ノエルがバルコニーに叩《たた》きつけられ、踏まれた猫のような悲鳴を上げるまで、ほんの一秒だった。だがその一秒のあいだに、ノエルはじつにいろいろ考えた。主に鳥頭の悪魔への罵詈雑《ばりぞう》

のかもしれない。言《げん》だ。死や事故の瞬間、人間は一瞬でいろいろ考えられると聞くが、それはほんとうのことな

「クク、大物が釣れたようだな」

おまけにノエルを釣ったあとのカロンは、赤眼を歪《ゆが》めて笑っていた。

「いっっったいですわね！　もう少し優しくできませんでしたの!?　それになんですの、そのドSな笑顔はっ！」

「いいから早く立て」

カロンはすぐ真顔になって、右腕を振った。ノエルをぐるぐる巻きにしていた黒い鎖が、ぢゃらっと一度鳴ったかと思うと、煙のように消え失せた。

「あーっ、わたくしひとりじゃ立てませんわ!!　お、起こしてくださいまし！」

カロンはものすごく不機嫌そうに、もはや愚痴《ぐち》さえこぼさず、ノエルを起こした。ノエルの要望などまるで聞き入れていなかった。かなりぞんざいな起こし方だ。

ノエルはぶつぶつ言ったが、カロンはカーテンの奥、屋敷の中を凝視している。すでに真剣な眼差《まなざ》しになっていたので、ノエルもよけいなことを言う気にならなくなった。

「周辺の警備は尋常《じんじょう》ではないが、中に入ってしまえばこちらのものだ。一応、ヤツの自宅だからな。プライベートな空間にまで、警備員が大勢いるとは考えにくい」

「……いよいよ、ということですわね」

「気を抜くなよ。前にも言ったが、ヤツはお前が死んだものだと思っている」

ノエルはうなずき、官邸内に入っていった。

歴史ある建物特有の匂いがする。空気は妙に冷え切っていて、生活感がまったく感じられない。重要文化財に指定された建築物だからだろうか、家というより、美術館や博物館のようだ。ノエルの自宅もかなりの豪邸だが、これほど年季は入っていない。それに、いつでもぬくもりが感じられた。

バロウズ市長は未婚で、両親も兄弟もいないようだ。完全な独り身には、この屋敷はあまりにも大きすぎる。

設置された火災報知器だけは最近のもので、建物との調和が取れていない。

屋内はひっそりと静まりかえっている。節電しているのか、明かりも最小限だ。

「ち、ちょっとホラーな雰囲気が出てますわね」

「何を言っているんだ？　お前まさか、こ——」

「べ、べつに怖くなんかありませんし！」

「……しょせん子供か。さあ、三階に行くぞ。そろそろ庭に転がしたヤツらが誰かに見つかる」

カロンはノエルを支えると、まるで勝手知ったる自宅のような足取りで、階段に向かっていった。彼はやはり、この官邸の間取りを知っているようだ。

——どうして？　ここに入ったことがあるんですの……？

ちらりとノエルがうかがったカロンの横顔は、さっきも見せた、「複雑な」表情だった。

広い官邸の中を、カロンはまったく迷わず歩いていく。階段を上り三階に入ると、少しだけ空気が変わった。かすかに、コーヒーの香りがするのだ。

奥には脇に花瓶が置かれたドアがあった。花瓶には生花が活《い》けられている。コーヒーの香りは、この部屋の中からしてくるようだ。

カロンは無言でノエルを見下ろしてきた。

ここだ、ということだろう。

ノエルはうなずく。カロンはノックもせず、しかし静かにドアを開けた。


「――誰だ？」

デスクにコーヒーカップを置き、訝《いぶか》しげな顔を上げたのは、バロウズ市長その人だった。

彼は真っ先にカロンを見た。

そして、彼までもが複雑な表情を見せた。驚いたような、笑ったような、恐れたような、嘲《あざわら》ったような……。少なくとも、ノエルたちの来訪はまったく予想していなかったようだ。

ノエルはぺこりと頭を下げる。ほんとうは、ドレープスカートの裾をつまんで、優雅にお辞儀をしたかったのだが。

「ご機嫌麗《きげんうるわ》しゅう、バロウズ市長」

カロンが小さな苦笑い混じりに続ける。

「地獄の底から小娘がひとり、夜這《よば》いにきたぞ」

「……なるほど、だいたい理解したよ。カロン……お前が彼女を助けたというわけか」

「そういう契約をこいつと結んだからな」

「契約、ね……なるほど、なるほど……」

バロウズはくつくつと含み笑いをした。

ノエルは嫌な予感がしてきた。

まず間違いなくこのふたりは知り合いだ。この雰囲気だと、旧知《きゅうち》の仲と言ってもよさそうである。そしてその関係は、あまり良いものではない。バロウズは……明らかに、ノエルもカロンも見下している。

あのラプラス市長がこんな態度を取ること自体が、ノエルにとっては信じがたかった。

「こんな夜にアポなしで訪問とは。ノエル君、いったいどのようなご用件かな？」

「……わ、わたくしは……。先日廃ビルで起きたこと――その真実を、あなたの口から聞きたいんですの」

「ふむ」

「この悪魔は、あなたが、わたくしを騙し、利用したと言いました。わたくしも、シビラさんにひどいことをされた記憶があります。でも、それは……えっと……何かの間違いとか、そういうことではございませんの？」

「何か、とは？　たとえば？」

「悪魔に操られていたとか、騙されていたとか……シビラさんひとりがやったことで、市長は関係ないとか……」

ノエルはつっかえながら話を続けた。

バロウズは微笑を浮かべている。余裕綽々《しゃくしゃく》だ。驚いたり焦ったりしてくれたほうが、かえって話しやすかった気がする。

これでは、まるで……何も語られずとも、『不正解』だと言われているも同然だ。

それでもノエルは、自分が信じていること——信じたいことを並べ立てるしかなかった。ここまで来てしまったのだから、もう後には引けない。

「だってそうでしょう、バロウズ市長といえば誰もが認める敏腕市長……〈市民の誇り〉。ラプラス一番の人気者ですもの。コンクールの日だって、落ち込むわたくしにやさしく声をかけてくれましたもの……！」

ふっ、と。

バロウズが漏らしたのは、苦笑いだった。

「……ノエル君。そんなことを聞くために、わざわざここまで来たのかい？」

彼は立ち上がり、

「だとしたらキミはほんとうに——」

眼鏡《めがね》を取った。


「バカな娘だな」

そして、その顔全体に明らかな嘲笑《ちょうしょう》が浮かび上がった。

「……え……」

ノエルの心臓が一瞬跳ねる。

バロウズが嗤《わら》いながら吐き捨てた言葉は、とても〈市民の誇り〉が発するものとは思えなかった。そして眼鏡を外した彼の顔は、どう見ても悪人だった。

金色の瞳は氷やナイフのようにするどく冷たい。カメラの前での柔和《にゅうわ》で知的な微笑も、あの夕暮れ時にノエルに向けた一抹《いちまつ》のやさしさも、すべては仮面にすぎなかったのだと、ひと目で理解できる目つきだ。

『ラッセル・バロウズ。私はヤツのことをよく知っている。ヤツは善人面をしているが、本性は極悪にまみれたラプラス一《いち》の大悪党だ』

悪魔は嘘《うそ》をついていなかった。

バロウズはいらついたため息を漏らし、眼鏡をデスクの上に放り投げた。

「ああ、まったく、勘弁してほしいな。こっちは暇じゃないんだ。きっちり殺させたはずのガキが生きていて、悪魔といっしょに私の寝首をかきに来るだなんて。しかも、よりによって、それが――」

彼の金眼は、ほんの束《つか》の間《ま》、カロンを睨みつけた。

ほんとうに、ほんの一瞥《いちべつ》だった。彼はすぐにノエルに目を向ける。

「キミがここにいるのはシビラの不手際のせいだろうが、それでも、さすがに驚きだ。アイツが仕事でこんな大きなミスをするとは珍しい」

「…………」

「特別に教えてやるよ、ノエル・チェルクエッティ。ラプラス市長ラッセル・バロウズの真の顔ってやつをさ」

それはもう、その目と態度を見れば充分だ。けれどノエルはすっかり固まってしまって、何も言い返せなかった。

「なぜオレがシビラを介し、お前に悪魔と契約させたか？　答えはもちろん、『契約の代償を押しつける』ためさ」

「!!」

「もう、そこの悪魔から説明されてるよな？　悪魔の契約には代償が発生する。だから本来、ひとりの人間が悪魔と契約できる回数はある程度決まっているようなものだ。普通は一回、多くても三回くらいか」

バロウズはにやりと大きく笑うと、両手を広げた。

「だが、どうだ？　悪魔を使って願いを叶《かな》えたオレは、この身体のどこにも代償を負っていない。……お前が俺の代わりに生贄《スケープゴート》になったからだよ。ステラステージの社長を殺したかったのはオレだが、それを悪魔に願って、代償を払ったのはお前ってわけだ」

「……ッ！」

「ノエル。お前がオレにまんまと騙されて、自分の意思で、オレの願いを願ってくれたんだからな！」

それは今にも大声で笑い出しそうな、『勝者』の振る舞いだ。ノエルが絶句する横で、カロンが拳を握りしめた。

「……いけ好かないやり方だ。高潔《こうけつ》さの欠片《かけら》もない。悪魔の契約とはそもそも――」

「『人間と悪魔が一対一で取り引きする』。少なくともそのルールは破ってないだろ？　シビラはいただろうが、黙って見ていただけのはずだ」

バロウズとカロンが睨み合う。カロンからは、熱さえ伝わってきそうなほどの怒気が感じられた。

自分は……本当に利用されていた。カロンとの今のやり取りを見ても、バロウズがふざけているとは思えない。

ノエルは何かにすがらずにはいられなかった。そう……、もう、なんでもよかった。自分の愚かさはよくわかった。でも、あの契約が自分にとって何の意味もなさなかったということだけは、この期に及んでもまだ信じたくない。

「……で、でも……。ラプラスが、横暴なステラステージから解放されたことは……事実なんですよね……？」

「ラプラスが解放？　横暴な……？　ふはっ！」

ノエルの言葉に、バロウズは失笑した。おかしくておかしくてたまらない様子だった。

「いや、失礼。シビラになんて言われた？　ステラステージが式典奏者とつながっているとか、金の力でラプラスを支配しようとしてるとか、そんな感じか？　――それ、全部でたらめなんだよね」

「え、」

「ステラステージはピアノコンクールになど関わってないし、ラプラスに支社を置こうとしている以上のことは何もしていない、ただの優良企業だ。お前をその気にさせるための作り話ってわけだよ。そのへんのストーリーはシビラに丸投げしといたが、どうやらなかなかいい物語を作ったみたいだなあ？」

作り話。

『もし、ステラステージが奏者の誰かとつながっていたら？　ステラステージが推薦する奏者が、無条件に式典奏者に選ばれるとしたら？』

ピアノコンクールには何の関係もない。

『ほかにもステラステージの横暴は数知れず確認しております。金をばらまき、美しいラプラスを食い荒らすよそ者。あなたはその被害者なのです』

ただの優良企業。

言葉がこんなにも強く頭を殴りつけてくるものだとは、ノエルは、知らなかった。

『今回お前を悪魔と契約させたのも、単純にヤツの金儲けにとってステラステージが邪魔だったから、それだけだろう。もちろん本当は式典奏者うんぬんなぞまったく関係がない。お前は適当な作り話で適当に騙され、バロウズたちの願いを、お前が代わりに願ってしまった』

悪魔が言ったことはすべて正しかった。

悪魔なのに、嘘をついていなかった。

嘘をついていたのは——。

「さあ、気は済んだか？　済んだならそろそろ消えてもらおうか」

バロウズは、ノエルたちにはわからない合図を出したらしい。ドアが開き、ざざざざ、と重装備の警備員が隣室からなだれ込んできた。

銃の扱いにかなり手慣れている。彼らが構えた銃はぴくりとも震えず、まっすぐにノエルとカロンに狙いを定めていた。そして、悪魔を見てもほとんどひるんでいない。

カロンが舌打ちをした。

「お前も愚かだったな、カロン。悪魔としてのくだらんプライドと、生贄《スケープゴート》への情け――そんなもののためにオレに刃向かい、死ぬことになるとはな！」

ノエルはよろめきそうになった。

ここで死ぬ。利用されるだけされて、嘲られ、あの夜の自分の覚悟をすべて否定されて。

何もかも……これが真実には違いないのに……信じたくない。

「……う、嘘ですわ……」

「あ？」

「……市長は、そんな……人では……」

バロウズの顔に笑みが浮かび、歪《ゆが》んでいく。どんどん歪んでいく。もう、人の顔にさえ見えない。そこにいるのは獣に似たいきものだ。

ラプラスに平和をもたらした最高の統治者――そんな肩書きもまた嘘で……、この男は……、この男こそ……、
本物の――

「冥土《めいど》の土産《みやげ》にもうひとつ教えてやるよ。なぜお前みたいな一般人、大人の事情もなんにもわからない、世間知らずのガキが市長に声をかけられたか？」

「おい、よせ！」

バロウズが歪んだ笑顔で何を得意げに話し出すか、カロンは察したらしい。銃を向けられているというのに、彼は一歩前に踏み出して、バロウズの話を遮《さえぎ》ろうとした。

「オレはコンクール後、お前にこう言った。とある理由でコンクールの順位に大きな変更があった、と。じつは、それだけはでたらめじゃない、本当のことなんだよ」

しかし、バロウズが話をやめるそぶりはない。

にやにやと、およそ人間らしさとはかけ離れた嫌らしい笑みを、ノエルに突きつけていた。

「スケープゴートとしての適性はふたつ。ひとつは、思い込みの激しさ。もうひとつは、罪を犯してでも叶えたい強い野望。ノエル・チェルクェッティはこの二点において強かったよ。ピアノにかける執着は本物だと、パーティー後に話して確信した」

「ラッセル、よせと言っている！」

バロウズは悪魔の制止などまるで聞こえていないようだ。自分の計画性の高さや持論を話すことがよほどの快感らしい。

彼はつねに〈生贄〉を探している、とさらに続けた。目をつけていたのはノエルだけではない。ふたつの『適性』を持つ人間が集まりやすいのは、そう――コンクールの類《たぐい》だ。

新人や若者が対象であればなお良い。夢みる少年少女たちには、まだ知識や経験が足りないからだ。純粋であるほうが誘導しやすい。

「でも困ったことに、お前のピアノの腕は本物だった。その野望には実力が伴ってしまっていたわけだ。このままでは放っておいても勝手に野望を叶えてしまう――オレも悪魔も、出る幕

なんかない」

だが、スケープゴートとしての適性をふたつ同時に満たす人間は多くない。

ステラステージを長く泳がせたくもない。

どうにか今、ノエル・チェルクェッティの野望を利用できないか――。

「深く考えるまでもない。答えを出すのも実行するのも、じつに簡単だったよ」


「オレの権限で、コンクールの順位を変えてしまえばいいだけだから」


ノエルは頭を叩き潰《つぶ》された。

そんな気さえした。

「毎日毎日、ピアノの練習ご苦労さん。でもそれ、意味ないんだ。式典奏者なんて、オレがイエスと言えば西へオレがノーと言えば東へ……どうとでもできちゃうんだよ」

何も言えない。

「最高の演奏をしたのに、式典奏者の座を逃す。そうなった人間に、エサをちらつかせたらどうなるかな？　飢えた野心家はケダモノと同じ。目の前のエサしか見えなくなる。しっかりその通りになったじゃないか――なあノエル？」

もう、何も、わからない。

足の感覚がない。腕の感覚もない。自分が今どこに立って、何を見ているのかもよくわからなくなった。ただ、男の嘲りだけが聞こえた。

冷徹な女の言葉がよみがえってくる。

『きっとノエル様は、来年もまたチャンスをつかむことでしょう。しかし、今年負けたという事実は一生消えませんよ。本当は勝っていたのに。本当はあなたが一番なのに。――それで、よいのですか？』

ノエル・チェルクェッティは、つねに、いつも、一番でなければならない。

ノエルの腰に軽い衝撃が走った。倒れかけたところを、カロンが支えてくれたのだ。

それと同時だった。

赤い茨、いや黒い鎖が、いったい何本、何メートル現れたのか。鎖は鞭《むち》のように唸《うな》りを上げ、一瞬で武装した男たちを吹き飛ばした。銃が砕ける音さえしたし、骨が折れる音もした。何人かは壁に叩きつけられてうめき声を上げた。

「もう聞くな！　行くぞ!!」

カロンはなかばノエルを抱えるようにして、バロウズの私室を飛び出す。

「逃がすな、殺せッ!!」

バロウズのあまりにもストレートな命令が聞こえた。

警備員はバロウズの私室からだけではなく、三階の部屋のほぼすべてで待機していたようだ。

乱暴にドアが開く音が何度も響き、駆け足の音が波のように押し寄せてくる。

ノエルはただ、カロンに抱えられていた。義足を床に下ろしても、たちまちもつれた。どうやってこの足を動かしたらいいのかわからなくなっていた。

カロンは廊下を走っている。それがなんだかべつの世界の、そう、テレビの中で動いている映像のように思える。

ノエルの頭の中で渦巻くのは、市長とシビラの言葉。

そして自分の、あのときの、完璧な演奏だった。

ぢゃららっ、という大きな音が耳のすぐそばで起こり、さすがにノエルの身が強張《こわば》った。眼前に現れた警備員を、カロンが鎖で吹き飛ばしていた。

血……。

警備員の鼻か口から飛び出したものか、血がノエルの頬まで飛んできた。

カロンは振り向きざまに左手を大きく振る。

鎖が長く飛び出した。紅色のオーラは、まるで凶悪な棘。鎖の鞭は警備員たちを容赦なく薙《な》ぎ払う。銃声。誰かが発砲しながら倒れたようだ。天井と壁から細かなかけらが飛び散る。

カロンはドアを蹴破り、中に駆け込んだ。ドアの向こうもまた廊下だったが、空気が冷えている。バロウズが普段使《つ》っていないのかもしれない。明かりもついていなかった。

暗がりの中、目を吊り上げたカロンがノエルを怒鳴りつける。

「おい、いいかげん正気に戻れ！」

「でも、市長が、順位を……。じゃあ、わたくしは、なんのために……？」

ノエルの口から漏れ出たのは、弱々しい声だけだ。しかも、カロンの呼びかけとまるで嚙み合わない。カロンは大きく舌打ちした。

「こうなるとはわかっていた……！　クソッ……、ラッセルめ！」

ちかちかっ、とわずかな照明がまたたく。

カロンがはっと振り向いた。

そこには、人影があった。

カロンが蹴破ったドアの戸口で、男がひとりゆらりと立っている。

ノエルの目にも、その奇妙な風体が飛び込んだ。グリーンカーキのコート。フードをかぶっている。顔はまったくわからない。ガスマスクをかぶっているから。

男が右手を振った。カロンがノエルの前に飛び出す。

爆発！

「ぐッ！」

カロンが初めてうめき声を上げ、よろめいた。

その爆音と苦鳴に、ノエルはようやく現実に引き戻される。火薬のような、焦げた金属や肉のような匂いと、白煙が立ちこめる。

血が……。

血だ。

カロンの右腕から煙が上がっている。肉が焦げた匂いはそこから生じていた。ぼたぼたと、赤い血が滴《したた》り落ちている。悪魔の血も……赤いのか。

「カ、カロン！」

「この程度で悪魔を殺せるとでも思ったか!?」

しかしカロンは、逆に煙の向こうに突っ込んでいった。右腕を振り上げ、鉤爪《かぎづめ》で男の顔面を狙う。男はその一撃をひらりとかわし、ガスマスクの奥で低く笑った。

カロンが鎖を振るう。男が飛び退《の》く。カロンは振り返り、ノエルを再び支えた。

「ボサッとするな、走れ！　すぐに次が来るぞ！」

「わ、わたくしは……」

「言っておくが、お前が勝手に死ぬことは許さん！　第一の契約をなかったことにするまではな！　さあ、あと少しだ！　少しはお前もその足で走れ！」

自分を叱《しか》りつけ、励まし、支えてくれているのは、悪魔だ。

自分を騙し、利用したのは、市民の誇りだ。

もう……なにがなんだか、わからない。

わからないが、ノエルは言われるがまま必死で走った。義足は外れそうになった。けれど、カロンが支えてくれている。

廊下の突き当たりまで到達した。大きな窓。見えるのは街灯の光。糸杉の枝。

「摑まってろ、飛び降りるぞ！」

カロンの手から伸びた凶悪な鎖が、古い窓を叩き壊す。カロンはノエルを抱え上げ、窓枠に足をかけ、そして——飛び降りた。

鎖が、糸杉の梢《こずえ》に絡みつく。

落下の勢いが削《そ》がれる。

カロンは芝生の上に着地し、ノエルを抱えたまま走り出した。

屋敷の内外で怒号が飛び交っている。

「くそっ、あいつら三階から飛び降りやがった！」

「ボマーのやつはなにやってんだ!?」

「しょせんゴロツキってことさ！　使えねえ！」

「包囲網を張れ！」

「ダメだ、この下は官邸の敷地外だ……！　派手なことはできない！　市長の指示を待て！」

騒ぎは遠ざかっていく。

けれども、ノエルの頭の中では、市長が相変わらず嘲笑っていた。彼の声が聞こえ、彼の視線が目の前にあった。

『それ、全部でたらめなんだよね』

『でもそれ、意味ないんだ』


『ほんとうに、バカな娘だな』


こうして、ノエル・チェルクェッティは、ようやく。

市長に利用され、騙され、裏切られたことを理解した。

いや、裏切られたという言葉はふさわしくない。

裏切るも何も、初めからすべては、まやかしだったのだから……。

NOEL the mortal fate

Movement1 - vow revenge

Passage 4

決断

一夜が明けた。

ふたりは、スラムの隠れ家に戻っている。

カロンが街の様子を見に行ったが、官邸《かんてい》での騒ぎは隠匿《いんとく》されたらしい。街はいつもどおりで、人々の不安の種は爆弾魔だけのようだった。

「さすがに市長としての顔がある以上、派手なことはしないか」

「………」

カロンからの報告を聞いても、ノエルは何も答えられずにいる。どこをどう通ってスラムに戻ったのかも、自分が眠ったのかどうかさえ、記憶が曖昧《あいまい》だった。まともにカロンの顔を見ることもできない。

カロンが大きくため息をついた。

「──だから言っただろう。バロウズに現実を突きつけられて絶望する、と」

「………」

「昨日話したことは覚えているだろうな？　お前の手足を取り戻すたったひとつの方法。それはバロウズのすべてを奪い、『本当の願い』をぶっ壊すことだ」

バロウズへの復讐《ふくしゅう》であり、大悪魔カロンの汚点の清算でもある、『第一の契約』の破壊。

それはノエルが手足を奪還する方法以前の問題だった。

もはやノエルが生きていくには、そうするより他に道はないのだ。

「お前が決断さえすれば、私は『第二の契約』に従い、お前の復讐を助ける。──どうだ？あらためてバロウズと戦う覚悟はできたか？」

ノエルはやはり、何も返せなかった。言葉がうまく出てこないのだ。

「……話にならんな。ショックを受けているのはわかるが、時間はないんだぞ」

カロンの声に苛立《いらだ》ちが交じった。

「お前はバロウズの秘密、裏の顔を知りながらいまだに生きている。ヤツにとっては爆弾そのものだ。ヤツは必ずお前を始末するぞ。ありとあらゆる手段を使って、お前を見つけ出すだろう。……この私のことも、同様に追っているだろうが……」

自分が命を狙われていることなど、あらためて説明されなくてもわかっている。大悪魔がついていてなお、状況が不利だということも。

ノエルはいっそう気持ちが沈んでいくのを感じた。

今は誰とも話したくない。何もしたくない。こんなことをしている場合ではないのに、でも。

「……少し……外の空気を吸ってきますわ」

ようやく、声らしい声が出た。かすれていて、小さな声だった。

「そうか。……いいだろう。だが、ひとりきりにするわけにはいかん。私はすぐ近くにいるものと思え」

カロンはノエルを尾行するというのだろう。今は昼間で、悪魔は堂々と出歩けない。ノエルは正直、ひとりになりたかった。だが、そんなことを言える立場と状況ではない。

「……好きにして」

ノエルはカロンのほうを見もせずに、のろりのろりと隠れ家を出た。

空は晴れ渡っていた。

洗濯紐《せんたくひも》に干された古着がそよ風に揺れている。

スラムは相変わらず独特の臭気《しゅうき》に包まれていたが、なんとなく、初めて出歩いたときよりも空気が変わっているように感じられた。というのも、人々がノエルを見る目が若干やわらいでいるのだ。

『よそ者』ではなく、ここに戻ってくるしかない『同類』だと受け入れられたのだろう。

髭面《ひげづら》の中年男が、同じ場所で煙草《たばこ》を吸っていた。その前を通り過ぎようとしたノエルは、彼に声をかけられた。

「おい。ねえちゃん、また会ったな」

「あ……、ご、ごきげんよう」

「ふん。その挨拶《あいさつ》、上層区にでもいたのか？　……世の中、わからねぇもんだ。転落するのはほんとに簡単だからなぁ」

「…………」

「スラムは、はみだし者を拒まない。そうシケたツラをするなよ、ねえちゃん」

自分は、そんなにひどい顔になっているのだろうか。そう言えば、鏡も見ていない。ノエルは急に少し恥ずかしくなって、会釈《えしゃく》をすると、髭面の男の前から立ち去った。

スラムにも、花や噴水がある。歩いているうちに気がついた。

噴水の水はかなり濁《にご》っていて、へんな匂《にお》いがする。

プランターの花はほとんどが野草で、少し元気がなかった。しかしこんな貧しい環境にあっても、誰かがプランターに花を植えたということだ。ここでもたしかに、人間が息づいている。

暮らしは大変そうだけれど。

近くのマンションから、安物の服を着た女がひとり出てきた。偶然ノエルと目が合う。女はあからさまにぎょっとしていた。

「ご、ごめん。アンタ、腕……両方とも」

「あ……、これは……その……」

「ちょっとびっくりしちゃってさ。アタシの友達も病気で腕をなくしたもんだから、つい」

「い、いえ。気にしてませんわ」

「それ、大変だろ。アタシ、他人の世話をする余裕ないけど……、まあ……がんばりな」

ノエルは、こくりとうなずいた。

他人にやさしい声をかけられるのが、ずいぶん久しぶりのような気がした。

「今日は天気がいいから、街がきれいに見えるよ」

「え？」

「〈物見の丘〉さ。アンタ、新顔だから知らないか。そこの階段上ってくと、見晴らしのいいところに出られるんだよ。ラプラスはひ、ど、い、ところだけど、上《うわ》っ面《つら》はきれいだ。ぼけっと眺《なが》めてたら、少しは気も晴れると思うよ」

どうせ、目的もなく外に出ただけだ。まさに今女が言ったように、気晴らしのつもりで。

ノエルは女に礼を言い、石造りの階段を上り始めた。まだ義足で階段を下りるのは怖いが、上るぶんにはなんとか大丈夫そうだ。

石段を上りきると、開けた場所に出た。人影はない。

雲ひとつない快晴の下、ラプラス上層区と市街地、そして真っ青な海が一望できた。潮風がノエルの頬《ほお》を撫《な》で、長い髪を揺らした。

スラムの真っ只中《ただなか》にあるから、あまり知られていない場所だろう。それでも……女が褒《ほ》めたとおり、見事な景色だ。

ただ、眺めていると、次から次へと思考や過去の記憶がノエルの頭の中に浮かび上がってきて、気晴らしどころではなかった。

この数日間。人生の中でもわずかな時間で、いろいろなことがありすぎた。こうして、ゆっくり考える時間もなかった。

しかし考え込んでしまえば、心の中を染め上げていくのは、後悔の念と自分の愚《おろ》かさへの怒りや失望だけ。

あの日、バロウズの言葉に耳を貸さなければ。

廃《はい》ビルで、シビラの誘いを断っていれば。

少なくとも、両手足をなくすことはなかった。

手足もピアノも失い、家族のもとに帰ることすらできず、そのうえ命を狙われている。

たしかに諸悪の根源はバロウズかもしれない。

でも、今のこの状況、この結果は――。

――ジリアンに嫉妬《しっと》して、ひどいことを言ったこと……。そして式典奏者になるために、人の死を願ったこと……。その、罰なんだ。

今ならわかる。コンクールのあとの自分は冷静ではなかったし、自分勝手だった。バロウズはそれを見越して選考委員会を操り、土壇場《どたんば》で順位を入れ替えた。

ノエルが自分の力不足だったと認め、素直に結果を受け入れていれば、こんなことにはならなかった。シビラやバロウズさえも、ノエルのピアノの腕自体は認めていた。いずれは式典奏者になれたはずなのだ。

あのとき、ノエルは、結果を信じなかった。

自分の演奏こそが最高であり、一番であると信じて疑わなかった。誰の健闘も称《たた》えず、親友のジリアンの勝利すら祝福せず、自分のことしか頭になかった。

――つまり結局は、私が身勝手だったのが悪いんだ。だったら……自分の愚かさを恨《うら》む必要はあっても、市長やシビラさんや……もちろんカロンのことも……恨むことは……。


爆発。

地響き。


突然だった。

ノエルは目を見開く。ラプラスの町の一角で爆発が起きた。偶然、これほど大規模な爆発を目撃することになろうとは。家が二、三軒は吹っ飛んだのではないか。火柱が上がったようにも見えた。

「何事だ!?」

どこからともなくカロンが飛び出してきて、ノエルと同じ方角を凝視《ぎょうし》した。

爆発があった場所からは、もうもうと煙が立ちのぼっている。

「市街地で爆発が！」

「事故……ではないだろうな」

カロンの言葉と眼前の光景を受けて、ノエルが反射的に連想したのは、いまだに警察の手を逃れ続けている爆弾魔だった。

「お前の家はどこだ？」

「い、家？　何が言いたいんですの？」

「お前の家が爆破されたんじゃないか、ということだ。家族や親しい人間をどうにかすれば、お前を簡単におびき出せるし、見せしめにもなるだろう。バロウズは裏社会の人間ともつながっている。今話題の爆弾魔のような、犯罪者ともな」

「サラッと恐ろしいことを言わないでくださいまし。チェルクェッティは上層区の家ですから、場所が全然違いますわ」

「ふん、やはりお嬢様か。その舌を嚙《か》みそうな姓も、世間知らずなところも、納得だな」

「一言も二言も多い悪魔ですわね！　そもそも市街地なんて、ジリアンの……友達の家があるくらいで、普段はほとんど行きませんわ」

そこまで言ってから、ノエルは自分の言葉にぞくっとした。

市街地には、ジリアンの家がある。

そこで爆発。

家族や親しい人間をどうにかすれば、ノエルをいともたやすくおびき出せる……。

「ち、ちょっと……待って」

「どうした、急に」

「カロン。バロウズ市長は、わたくしを探しているんですの？」

「当たり前だ。冥土《めいど》の土産《みやげ》だなんだとペラペラ喋《しゃべ》ったあげく、その相手を逃がしたんだからな。ヤツの真っ赤な顔が見られないのが残念だ」

ふん、と嘴《くちばし》の中で低く笑うカロンをよそに、ノエルはじわじわと冷や汗が出てくるのを感じていた。

「い、嫌な……嫌な予感がしますわ。カロン、急いでわたくしをあそこまで連れて行ってくださいまし！」

「なんだと？　爆発現場にか？　……まさか――」

「ええ、たぶんあなたの考えている通りです。ひょっとしたら、わたくしの友達が……わたくしのせいで……！」

ノエルは焦《あせ》った。この足でスラムから市街地まで、どれくらいかかるか。物見の丘を下りようとしたノエルを、カロンが静かに手で制した。

「それはバロウズへの復讐《ふくしゅう》の一環――『第二の契約』にのっとり、私に助けてほしいということか？　もしそうならば、もちろん力を貸そう。だが復讐に関係ないのなら、そうはいかん」

「そ、それは……」

ノエルは言葉に詰《つ》まった。今はそれどころではない。しかしちょっと立ち止まって考えてみればわかる。答えがあまりにもはっきりしているから。

「……まだ復讐とは、言いきれませんわ……」

ノエルは正直に答えた。

カロンが赤い眼《め》を細め、眉間《みけん》に少ししわを寄せる。

「馬鹿正直なヤツだ。急いでいるなら適当にごまかせばいいものを」

「…………」

「どうせお前をひとりで行かせれば、向こうで警察に捕まって終わりだ。それは私も困る」

カロンは階段ではなく、丘の向こうの見事な景色に目を向けた。

「急ぐのなら地上の道など使う必要はない。建物の屋上を通って一直線に行くぞ」

「カロン。た、助けてくれますの？」

「悪魔を欺《あざむ》かず、道具として利用しようともせず……契約と真剣に向きあうヤツは嫌いじゃない。……返事は保留にしてやる。復讐するのかしないのか、今のうちに決めておけよ」

「な、なにをするつもりですの!?」

「決まっているだろう、飛び降りるんだよ！」

カロンはノエルを小脇に抱えると、物見の丘の高みから跳躍《ちょうやく》した。

ノエルが悲鳴を上げる暇もなかった。


屋根から屋根へ、カロンは軽々と飛び移る。ときには黒い鎖《くさり》を使うこともあった。

彼には翼はないのに、大きな鴉《からす》に捕らえられて、空を飛んでいるような気分だ。ノエルはあまり下を見ないようにした。

彼が跳ぶたび、ごう、と空気が唸《うな》りを上げて後ろに流れていく。

その音の向こうでは、消防車やパトカーのサイレンが響いていた。けたたましいその音は、だんだん近くなっている。そして、煙の匂いもし始めた。

いや、これは……火事の匂い、だ。

ノエルは昔、上層区で火事があったことを思い出していた。チェルクェッティ家とはなんのつながりもない、赤の他人の家。ノエルはピアノ教室の帰りだった。ジリアンと遅くまで練習をして、ひとりで帰っていると、サイレンが聞こえて……。嫌な匂いがして……。

あの日ジリアンと練習していた曲はなんだっただろう。

ジリアンに、もしも何かあったら……。この嫌な予感が的中してしまったら……。

「おい」

気づくと、ノエルは下ろされていた。辺りを見回す。市街地のマンションの屋上だった。

見上げたカロンは、ほとんど息も乱さずに立っている。

「なにをぼんやりしている？　バロウズと戦うなら、いずれは爆弾魔のような人間とも戦うことになるぞ。いいかげんに腹をくくったらどうだ？」

「わ……わたくしはまだ、市長と戦うなんて決めてませんわ。勝手に話を進めないで。……それに、わたくしにも非がありますし……。やっぱり、復讐なんて……」

カロンは目を閉じ、ゆるりとかぶりを振った。

目を開けた彼は、気持ちを切り替えたようだ。

「ところで、そのお友達とやらの家の詳しい場所はわかっているのか？」

「あ、え、ええ。何度か行ったことがありますの。場所については問題ありませんわ」

「ならばいい。市街地に入ったが、どの方角だ？」

ノエルは見覚えのある建物や看板を探す。

どくりと、心臓が跳ねる。

ジリアンの家の方角は……。

「煙の……上がっている方角ですわ……」

「……そうか」

カロンはそれ以上言わず、つかつかと屋上のへりまで歩いていった。隣の屋上までは少し距離がある。ノエルを抱えて跳躍するのは、さしもの悪魔にも無理だろう。

「よし、私が先に行く」

「えっ、先に行くって……ちょっと、カロン！」

ほとんどノエルの返事を待たずに、カロンは鎖を召喚した。隣の屋上のフェンスに鎖を絡《から》めたかと思うと、あっさり飛び越えていった。

着地したときによろめきもしない。なんでもないことのように、隣のビルの屋上から声をかけてくる。

「屋上のギリギリに立て」

「えっ」

「そこでじっとしていろ」

「えっ、ちょっと……まさか！」

「飲み込みが早いな、そのまさかだ。それ以外に方法があるか？」

ノエルはしぶしぶカロンの指示に従った。義足で屋上のへりギリギリに立つのは、ちょっと……いやかなり怖かった。しかし身体が震え出す前に、いかにも邪悪な雰囲気の鎖が、ノエルの身体にぐるぐると巻き付いた。

「ふんッ！」

「きゃあぁっ！」

ぢゃらりと鳴る鎖といっしょに、ノエルは放物線を描いた。しかし、なんという力だ。さすがに両腕は使っていたが、こんな芸当はハンマー投げの選手でもできないだろう。

「ふぎゃ！」

ただし着地のことは考えてくれなかった。ノエルはみじめにもカロンの後ろに落ち、一度バウンドした。

「クク、一本釣りにも慣れてきたな」

「……いっったいですわね！　もう少し優しくできませんの!?」

鎖は魔法のように消え失《う》せている。ノエルは立ち上がるなり、カロンに詰め寄った。

「昨晩も、乱暴に引っ張り上げられたせいで脇腹に痣《あざ》ができてましたのよ！」

「あれだけメチャクチャに襲われておきながら、痣で済んだならいいだろう」

カロンは顔をしかめた。

そしてノエルも、はっとした。

カロンの黒い右手の甲で、赤い液体がぬらりと光ったように見えたから。

「あ……。……ご、ごめんなさい。カロン、あなた、あのときの傷が……」

「要《い》らん気遣《きづか》いをするな。私は大悪魔、そこまでやわではない」

「でも、傷が開いて……」

「気遣いは要らないと言っている。そんなことよりも、そろそろ少し下に下がるぞ。野次馬は煙を見上げるだろうからな」

カロンは周囲を見回す。近くの家のベランダのガラス戸が開いていた。カロンがそれを一瞥《いちべつ》するなり歩き出したので、ノエルは嫌な予感がした。

「どうした？　さっさと行くぞ。急いでいるのだろう？」

「た、たしかに急いではいるけれど……人様《ひとさま》の家を通るのはまずいんじゃなくて？」

「官邸に侵入したヤツが今さら何を言う。あそこよりマズい場所など、この市のどこにもない」

さすがは悪魔、不法侵入という軽犯罪など意にも介さないようだ。彼が言っていることは正しいが、ノエルには覚悟が必要だった。

「……もう、わかりましたわ！　ちょっと通らせてもらうだけですわよ!?」

ベランダから侵入した民家は無人だった。慌てて出かけた形跡がある。後ろめたさにノエルの歩みはいっそう遅くなった。カロンは無言でずんずん先に進んでいたが――。

「ぬ……」

突然立ち止まった。それと同時に、しゃあっ、とノエルも聞いたことのある音――いや、声、が響いた。マネキンのように硬直してしまったカロンの後ろから、ノエルは顔を出す。

ノエルが思ったとおり、そこには警戒心をむき出しにした猫がいた。

「あら、かわいいにゃんこですこと」

カロンはぷいとそっぽを向いた。

「猫は好かん。私はこの生物と相性が悪いのだ」

「なんですの、それ？　こんなにかわいいし、無害ですのに」

「無害などではない、こいつらはなぜだか私に対して牙《きば》を剝《む》くのだ！」

カロンが声を荒らげると、猫が背中を丸めて飛び上がり、またしゃあっと怒声を上げた。今にも飛びかかってきそうだ。

「ちっ、ほら見ろ！」

「あら、不思議ですわね。頭が鳥っぽいから獲物だと思ってるのかしら？」

「鳥ではない!!　悪魔だ!!　だが向こうがその気なら……よかろう、こちらも相応の武力をもって戦えるというものよ！」

カロンがポケットから手を出して振り上げようとしたので、ノエルは慌てて猫と彼のあいだに割って入った。

「ふざけないで！　にゃんこを攻撃するなんて悪魔の所業《しょぎょう》ですわ！」

「私は悪魔だ!!」

「とにかく、にゃんこを怖がらせないこと！　いいですわね！」

「ええい、クソが！」

カロンは悪態《あくたい》をつくと、大股《おおまた》で部屋の隅を移動した。猫はずっとカロンに向かって威嚇《いかく》し続けている。ノエルのほうには見向きもしない。

幸い家主と鉢合《はちあ》わせにならずにすんだ。窓から路地に下り、人ひとりがやっと通れるくらいの建物のあいだを通り抜ける。

黒煙の出所《でどころ》はもう、すぐそこだった。

ノエルは凍りつき、その場に立ち尽くす。

建物の隙間から、消防車とパトカー、警察、そしてたくさんの野次馬が見える。これ以上現場には近づけない。しかし……。

「その様子から察するに、嫌な予感とやらは当たってしまったようだな」

「……たしかに、ジリアンの家、ですわ……」

煙と炎を上げているのは、ジリアン・リットナーの家だった。しかも、ただの火事ではない。周囲には、焦げた瓦礫《がれき》が散らばっていた。物見の丘で見た以上に激しい爆発だったようだ。

嫌な予感はしていたけれど、覚悟を決めていたわけではない。そんなはずはない、という気持ちも強く持っていた。

「ジリアンが狙われたのは……偶然ではありませんわよね……」

「そう考えるのが妥当だな」

「爆弾魔が、バロウズ市長とつながっていたなんて……」

「お前の家族ではなくお友達を狙ったのは、上流階級の人間を襲うと大事になるから……といったところか。しかし、ずいぶん大胆だな」

カロンは腕を組み、独り言を漏《も》らし始めた。

「いくらしたっぱを使っているからといって、これはいくらなんでも目立ちすぎる。市長としての立場を忘れたのか？」

またサイレンがひとつ近づいてきた。表の様子ははっきりとはわからないが、このサイレンは救急車のものだ。

「せめて、ジリアンの安否だけでも確認しなくては……。万が一のことがあったら、わたくしは……！」

「わかった、落ち着け。私が物陰からでも様子を見てくる。お前はそこから動くなよ」

危ないから下がって、と怒鳴る警官の声や、彼らの無線が放つノイズが聞こえてくる。かなりの数の警官がいるのだろう。ノエルの顔を見られるのはまずかった。両親が捜索願を出しているのは明らかだ。

悪魔と契約し、バロウズに命を狙われてもいる今、警察に保護を求めるわけにはいかない。

ノエルは素直にうなずき、路地の片隅に身を寄せた。カロンは音もなく建物の陰に入っていく。昼間の日陰に、彼の姿は不自然なほど自然に溶《と》け込んでいった。

消防車は放水を続けている。

ざわめきは大きくなっていくばかり。

どれくらい待っただろう。一分が一時間にも感じられる。

ひとりでいるせいだろうか――不安になって、よけいなことばかり考えてしまう。

――ジリアンが巻き込まれたのは、私のせい。私とジリアンの仲がいいということは、コンクールのときに喋ってしまっていた。

いや、そうでなくとも、市長はノエル・チェルクェッティを利用するために、前もって身辺くらい調べていたはずだ。つねに生贄《いけにえ》を求めていると自分から言っていたではないか。

――そもそも。私があの廃ビルで死んでいれば、それで終わりだったんじゃ？　官邸で死んでいれば、それで終わりだったんじゃ？　どうせ私は、いっときの欲望に負けて悪魔と契約した、人殺し。

自分ひとりが傷つき死ぬなら、自業自得《じごうじとく》で済んだのに。

でも自分は、抵抗してしまった。もし、これで……。

――これで、ジリアンが、し、死んでしまったら……。

自分ひとりの過ちに、八つ当たりをして別れてしまった友人を巻き込んで、死なせることになってしまったのなら。


――もう、たとえ死んでも、償《つぐな》いきれないんじゃ――？


その考えがノエルの胸の奥に、刃のように滑り込んできたときだった。

突然背中に衝撃を受けて、ノエルはあっけなく転んでしまった。

「おっと、すまねぇ」

どうやら男にぶつかられたようだ。せわしく考え事ばかりしていたので、ノエルはまわりなどまるで気にかけていなかった。一応、ぶつかっていった男は謝っていったが——ノエルが見たのはその背中だけ。男はさっさと歩き去って行った。

グリーンカーキのコートを着ていた。フードをかぶっていたようだ。顔はわからない。

だが。

なんだかとても、嫌な感じが、したような。

それに、あのグリーンカーキのコートに見覚えがある。

壁にすがって立ち上がろうとしたノエルは、ドレープスカートに紙切れが一枚挟まっているのに気がついた。

「手紙かしら。ああ、もう……お行儀《ぎょうぎ》悪いなんて言ってられませんわね」

反射的に手で取ろうとして、ノエルはため息をつく。両腕がないことにはいまだに慣れない。ほんとうに不便だ。たぶん、一年やそこらでは慣れないだろう。

ノエルは仕方なく口で手紙を取り、広げた。

……鏡がなくても、顔が青褪《あおざ》めていくのがわかる。

そこに、聞き慣れた低音の声が投げかけられた。

「戻ったぞ」

カロンだ。だがノエルは今それどころではない。

「家にいた人間は救急搬送されたようだが、ジリアンという長女のみ見つかっていないようだ。

爆発で跡形もなく吹っ飛んでしまったという可能性も――」

「んー！」

「何をくわえてるんだお前は、犬か？」

「んんー！」

「……手紙？」

ノエルが必死の形相《ぎょうそう》で突き出した手紙を、カロンが手に取る。

そこに書かれていたのは、雑な文字だった。

お友達の命が惜《お》しければ、二十四時間以内にスラム郊外の廃製鉄所まで来い
Mrボマー

カロンの表情も一瞬で険《けわ》しくなった。

「どこで手に入れた？」

「さ、さっき、怪しい人とぶつかって。そのあと、気がついたらドレスに挟まってて……！」

「Mrボマー……噂《うわさ》の爆弾魔か」

カロンは面倒くさげに目を伏《ふ》せた。

「どうする？　間違いなくこれは罠《わな》だぞ。行けばそれはもう手厚く歓迎されるだろう。なんなら戦車が待ち構えていてもおかしくない」

「でも、このままではジリアンの身に危険が及びますわ！　それに、こう書かれているという

ことは……ジリアンはまだ生きてる！」

「そう言うだろうと思ったぞ。結局は私の仕事というわけだ」

「カロン……助けてくれますの？」

「助けてほしければバロウズへの復讐を誓え、と言いたいところだな」

またそれか、とノエルは唇を噛《か》む。

ただただ、ジリアンを助けたいだけだ。いや、助けなければならない。そこにバロウズへの憎しみが絡む余地はない。人として、ノエル・チェルクェッティとして、彼女を救い出さなければならない。

こうなったのは、自分のせいなのだから。

「わたくしはひとりでも行きますわ。たとえ死ぬことになっても、契約とは無関係なジリアンは解放されるはず。それで……わたくしの命で、罪のない友人が助かるのなら……！」

「それでは、私が困る」

カロンが、きっとノエルを睨《にら》みつけた。

「お前が勝手に死のうとするなら、縛《しば》ってでも阻止する。私はべつにジリアンなどどうでもいい。私にとって大事なのは、お前に戦う意思があるのかどうかだ」

「……………」

「考えている時間はないぞ。タイムリミットは二十四時間後だ。迷うなら、今は目の前だけを見ろ。ジリアンを助け出す、そのために爆弾魔と戦う。死ぬ覚悟があるのなら、それが怖いわけでもないだろう？」

カロンは腕を組み、ノエルから目をそむけてつぶやいた。

「それにしてもわからんな、お前がなぜそんなに復讐を渋るのか」

「…………」

「まあいい。いずれにせよ、選択肢はないぞ。お前はバロウズと……爆弾魔と戦わなければ、ジリアンを助けることはできない」

「わかりましたわ、あなたの言うとおりです。今はとにかく、ジリアンの救出が最優先ですわ」

ノエルはカロンを見上げ、まっすぐに、その赤い眼を見つめた。

「わたくしは爆弾魔と戦います。行きましょう、カロン。廃製鉄所へ！」

Passage 5

爆熱

廃《はい》製鉄所では激戦が予想される。準備を怠《おこた》るな。

……カロンにそう言われて隠れ家からスラムに繰り出してみたものの、ノエルはどんな準備をすればいいのかわからなかった。好物でも食べて腹ごしらえすればいいのだろうか。しかし緊張しているせいか、まったく空腹を感じない。

爆弾魔と戦う覚悟を決めたのはいいが、実際に戦うのはカロンだ。ジリアンのために何か用意しようと思っても、彼女が今どんな状態なのかは不明だ。

考えたくもないことだが――生きているかどうかもさだかではない。

目的もないまま歩いていると、不意に横合いから声をかけられた。

「よう、ねえちゃん」

すでにノエルも彼の顔を覚えていた。名前はいまだに知らない。定位置で煙草《たばこ》を吸っている髭面《ひげづら》の男。

「また一段とシケたツラだな」

たまには、カロン以外のひとと話がしたい。ノエルはそんな気分になって、男に近づいた。安物の煙草の匂《にお》いがした。

「わたくしの友達が、爆弾魔のせいで……」

ぽつりとそう告白すると、男の顔色が変わった。

「またか、あのガキは！　ったく、警察《サツ》はいったい何をしてんだ？　とっくに顔も名前も割れてるだろうに」

「え。ば、爆弾魔のことを知ってますの!?」

「フーゴ・ドレッセル。それがヤツの名前さ」

男は苦々しい顔で、大量に紫煙《しえん》を吐《は》いた。

「オレは会ったことも見たこともねぇが、ここいらのワルがいくらかヤツになついちまってな。ギャングのリーダー気取りだよ」

「そ……そうなんですの……」

手下がいるということか。ただでさえ面倒なことになっているのに、さらに悪いニュースを聞いてしまった。

「なんでも昔、家が事故か何かで爆発して、ヤツは大火傷《おおやけど》を負ったそうだ。回復はしたが、今はご覧の通りよ。すっかり頭がイカレちまった。火に取り憑《つ》かれちまったんだ。警察がこの話を知らないはずはねぇ。ワルい連中と付き合いがあるって程度のオレが知ってるんだからな」

それでも、警察は爆弾魔を逮捕しない。

逮捕できない、のだろう。彼はバロウズ市長とつながりがある。

「スラムの現状も爆弾魔も野放しだ。バロウズなんかがラプラスをよくできてるとはとても思えねぇな」

男の愚痴《ぐち》を聞いて、ノエルは少し驚いた。バロウズの手腕は市民のあいだでも高く評価されているのではなかったのか。

「でも、市長はマフィアを一掃《いっそう》して……ラプラスを平和にしたのではなくて？」

ノエルが探りを入れてみると、男は苦笑いした。

「ロッソ・ファミリーとビアンコ・ファミリーか。懐《なつか》しい連中だ。たしかにヤツらが幅を利《き》かせてた時代は、ここも今より物騒《ぶっそう》だったな」

だが、と男は続けた。

「どうもうさんくさく思えて仕方ねぇんだ。バロウズはヤツらを利用しただけなんじゃねぇか?」

「利用?」

「市民の支持を得るための〈生贄《いけにえ》〉だよ。あれだけ若い政治家のセンセイがもてはやされるにゃ、相当デカくて、相当わかりやすい実績を上げなきゃならねぇ」

「!」

「おっと。上層区のお嬢ちゃんには難しいお話だったかな?」

「い、いえ……面白い考えだと、思いますわ」

ノエルが今まで見ていたのは、やはりバロウズの『上っ面《うわつら》』だけだったのだ。

バロウズはマスコミも操っているに違いない——今ならそう思える。新聞やテレビの報道はバロウズをひたすら褒《ほ》め称《たた》えていた。それを見聞きするだけで、あとはピアノに打ち込むだけだったノエルは、バロウズを善人と判断するしかなかった。

けれど、ラプラスにも暗い部分はあるのだ。バロウズは臭《くさ》いものに蓋《ふた》をしただけ——それどころか、隠れてその臭いものを利用さえしている。

この男にバロウズの正体をぶちまけたら、信じてくれるだろうか。ふとそんなことを思ったが、やめておいた。どこで誰が聞いているかわからない。

ノエルは髭面の男と他愛もない話をしたあとに別れた。結局、互いに名乗ることもなかった。

なんだかそれは、よけいなことのような気がする。彼とは名前も知らない「他人」のままであったほうがいい。

「知り合い」になれば……きっとあの男にも、迷惑をかけてしまうことになるから。


まだ明るいうちから、ふたりは郊外の廃製鉄所に向かった。

カロンはなぜか廃製鉄所の場所を知っていたし、とうに閉鎖された廃墟《はいきょ》であることも知っていた。理由を聞いてもなんだかんだとはぐらかされるが、彼は妙にラプラスの地理に詳しい。

廃墟ではあるが、周囲に散らばっているゴミは新しいものが多く、地面にはバイクや車のタイヤ痕《あと》が刻まれている。壁には落書きもあった。良からぬ輩《やから》がたむろしているのは明白だ。

「注意しろ。何が起こるかわからん。ここはもう敵の陣地だ。見たところ、完全な無法地帯のようだな」

スラムもそうだが、ノエルがこれまでの人生で、一歩たりとも近づこうとは思ってこなかった環境だ。カロンに言われずとも、年頃の娘が来てはいけない場所だとわかる。

それでも、ここには来なければならない理由があるから――。

ぽっかり口を開けている入口に歩み寄ろうとしたそのとき、ノエルの視界の上のほうで、赤いような橙《だいだい》色のような光がひらめいた。

次の瞬間、ノエルはカロンに抱えられていた。

「きゃあっ⁉」

ノエルがまさに歩いていこうとしたその先で爆発が起こる。

火薬と土の匂い、目に沁《し》みるほどの煙。その中でカロンは悠然《ゆうぜん》と、赤い視線を持ち上げる。

敵は製鉄所の二階に姿を現していた。軽く、愉快そうな笑い声が上がった。

「そう！　ここは俺のテリトリーだ」

「……お出ましだな」

その姿と声は、市街地の路地裏でノエルとぶつかった男のものに間違いなかった。グリーンカーキのコートにガスマスク。ガスマスクのレンズには遮光性《しゃこうせい》のカバーがかかっていて、男の目元さえもまったく見えない。

それでも、ノエルは彼と目が合ったのがわかった。

「へへっ、ごきげんよう、ノエル・チェルクェッティ。そして……大悪魔カロン。ラブレターは読んでくれたみたいだなァ？　あらためてお目にかかれて嬉《うれ》しいぜ！」

「官邸で見た顔だな。いや素顔は知らんが」

楽しげな男に対して、カロンは冷ややかだ。カロンはノエルの前に立ち、右手の指を動かす。準備運動でもしているかのように。コキリカキリと、骨が鳴っていた。

「ジリアンはどこです!?　生きてますの!?　あの子は関係ないはずですわ、今すぐ解放して！」

ノエルがまくし立てると、男はへらへら笑いながら軽く両手を広げた。

「焦《あせ》るなよォ、ちゃんと生きてる。殺しちゃ人質にならねえだろ？」

「！」

ぼッ、と音が上がる。

男は両手に何も持っていなかった。それなのに、唐突に、その手のひらの上に炎の塊《かたまり》が生じた。球体の炎は、まるで小さな太陽だった。ぐるぐると激しく回転しながら、男の手のひらの上で浮いている。

「その力……この気配。あのときは気に留める暇もなかったが――まさか、お前は」

「へっへ、大悪魔サマの嗅覚《きゆうかく》にかかればお見通しか」

男が軽く腕を動かせば、ごうっ、と炎の塊が唸《うな》った。

「俺はフーゴ・ドレッセル！　だが人はみな、俺をこう呼ぶ。爆弾魔《ボマー》ってなァ。お前と同じだよ、ノエル・チェルクェッティ。悪魔に魂を売った〈魔人《まじん》〉だ！」

「ま、魔人ですって？」

「悪魔と契約した人間の通称だ。それを誇《ほこ》りに思うヤツはわざわざ自称する」

カロンは相変わらず冷淡だ。しかし、いつでも反撃なり防御なりできるよう、彼が気を張り詰《つ》めているのがわかる。うっかり触れれば反射的に殴《なぐ》り飛ばされそうな、そんな殺気が全身から噴き上がっていた。

「魔人は、魔人としての名を持つ。俺は爆薬を愛し、炎に焼かれない体を手に入れた。だから爆熱の魔人、〈爆弾魔《ボマー》のフーゴ〉ってわけだ。――お前はどうなんだ、ノエル？」

「ど、どうとはどういうことですの!?」

「お前の誇り高き魔人名はなんだと聞いてんだッ！　大悪魔といっしょにいるってことは、ソイツと契約したんだろ？　だったら魔人名を名乗れ。それが高潔《こうけつ》なる魔人同士の、イカレた殺し合いの礼儀《れいぎ》だ！」

「そ、そんな名前ありませんし、礼儀なんかどうでもいいですわ！」

「そうだな、私もそんな礼儀があるとは聞いたことがない」

「あぁ、なんだと⁉」

さすがボマーと名乗っているだけはある、かなり沸点が低いようだ。カロンは人の神経を逆《さか》撫《な》でする天才だ。ここでボマーをいたずらに刺激するのはまずい。ノエルは慌《あわ》てて口を挟んだ。

「そ、そんなことより、約束通り来たんですから、ジリアンを解放してくださいまし！」

「へっ、そんな虫のいい話があるか。さっきも言ったろ、殺し合いだよ！　お友達を返してほしければ、俺を殺して奪い返せ！」

「なッ⁉」

ノエルが絶句すると、ボマーは大きく舌打ちをした。

「……何が『魔人と戦えるチャンスだ』だよ、バロウズの野郎。魔人のほうはただの腰抜けのクソガキじゃねえか。これならあのとき、路地裏で殺しといてもよかったなァ！」

「ッ……！」

「俺はなァ……飢《う》えてるんだよ。モノは焼き飽きたし、すぐ死ぬ人間なんかじゃ満たされねぇ。俺が『爆破』したいのは、悪魔だ！」

ボマーは炎をまとう手で、カロンを指さした。

「ヒトをはるかに超えた頑丈なヤツだからなァ！　あああ、俺の爆弾で焼いてみてぇんだよ！　悪魔はどんなふうに砕け散って、どんな悲鳴を上げて、どんな色で燃えるんだ？　なァ教えてくれよォ！」

ノエルは寒気がした。

こんな……、こんな人間と話すのは初めてだ。まともに会話できるだけ、バロウズのほうがまだましだ。スラムの髭面の男が言ったとおり、ボマーはイカレている——狂っている。

こういう人間も見慣れているのか、カロンは呆《あき》れた顔をしているだけだ。

「昼間から市街地のド真ん中で爆発騒ぎを起こすだけのことはある。頭のネジが飛んでいるようだな」

「悪魔と契約したヤツなんか、その時点でイカレてる。ヒトの社会、ヒトのルールに適応できねぇ化け物だ！」

ちがう、とノエルは即座に否定する。言葉にはならなかったが、否定した。

——わたくしは、あなたとはちがう。わたくしは……たしかに、人として間違ったことをしたけれど……狂ってなんか……！

その想いを込めて睨《にら》みつけると、ボマーはひとしきり声を上げて笑った。

「いい顔ができるんじゃねぇか！　さあノエルゥ、俺と戦おうぜ！　お前が戦えないなら、その鳥頭の悪魔をけしかけて、俺を倒してみろ！　それすらできないなら、お前も人質も悪魔も、ここで消し炭になるだけだ！」

「——鳥頭だと？」

カロンの低い声に怒気が交じる。

しかし次の瞬間、カロンはまたノエルを抱えて後ろに跳びすさった。

爆発。これまでにないほどの大爆発だった。

爆風は熱かった。ノエルの悲鳴は、カロンの腕の中に消える。爆音で数秒聴覚がだめになった。

甲高い耳鳴りがやみ、煙が晴れる頃には、ボマーの姿は消えていた。

「あ、あんな男に捕まっていてはジリアンの身が持ちませんわ……！」

「だな。さっさと追って、さっさと倒すしかない。行くぞ」

カロンは怒っている。いくらボマーに挑発されても落ち着き払っていたのに。彼はよほど『鳥頭』と呼ばれるのが気に入らないようだ。

ノエルを支えることもなく、カロンはずんずん製鉄所の入口に進んでいく。彼の後頭部の黒い羽毛がちょっと逆立っているように見える。

製鉄所の中は薄暗く、ガラクタだらけだった。ジリアンは――。

しかし、落ち着いて周囲を確認する暇もなかった。

奥からふたり、恐ろしくガラの悪い若者が現れたのだ。

「ほう。お前が言っていたとおりだな。ヤツの手下か」

スラムのゴロツキの何人かが、ボマーを慕《した》っている――髭面の男からの情報は、カロンに伝えてあった。

「わかっているだろうが、お前は前に出るなよ」

「え、ええ。……その……、カロン」

「なんだ?」

「気をつけて」

「……ふん」

カロンは嘴《くちばし》の中で笑った。赤い眼《め》はまったく笑っていなかったが。

男のひとりはナイフをちらつかせていたが、前に進み出るカロンは余裕綽《しやくしやく》々だ。

動いた。

あっという間だった。

カロンはまず素手の男に走り寄り、左腕を振るった。妙な声を上げて男は血と涎《よだれ》を吐き、その場にくずおれる。

仲間が一撃でやられたことにもひるまず、ナイフの男が大声を上げてカロンに襲いかかった。その目のかがやきは異様だった。よくないクスリでもやっているのかもしれない。

カロンが右手を振るった。その黒い鉤爪《かぎづめ》が男の腹を引き裂く――はずだった。

「む」

カロンが目を細めて身をひるがえす。

男は馬鹿にしたように哄笑《こうしよう》した。服が破れ、黒いベストがあらわになっている。防刃《ぼうじん》ベストを着込んでいたらしい。男は再び突進し、ナイフを突き出した。ノエルは目を覆《おお》いたくなった。腕があれば実際覆っていただろう。

カロンは無言で、逆に男の懐に飛び込んだ。ナイフを突き出した右腕のなかばを、大きな黒い手で鷲摑《わしづか》みにする。

ごき。

嫌な音が聞こえた。

男が獣のように吼《ほ》えた。どうやらそれは悲鳴だったようだ。

カロンはすかさず男の胸ぐらを摑《つか》む。

次の瞬間、男はものすごい勢いで宙を舞っていた。カロンに投げ飛ばされたのだ。男は壁に叩《たた》きつけられ、床にずり落ちた。

ふん、とカロンはするどく息をつき、両手をポケットに突っ込んだ。

官邸のときと同じだ、あまりにもあっけない。どんなに喧嘩《けんか》慣れしていても、人間では大悪魔にかなわないのか。

「さ、さすがですわね。この場は感謝しますわ。でも……、こ、殺したんですの？」

「さあな。たぶん生きているんじゃないか？」

カロンはそっけなく言うと、奥に進んでいった。開きっぱなしの扉がある。

隣の部屋に入る前に、ノエルは怖々と男たちを見た。ふたりともぴくりとも動かない。それでも、たぶん生きている。……たぶん。

男たちから目を背《そむ》け、扉から奥に入った。

とたんに、熱気がむわっとノエルの顔面に張り付く。そう言えば、製鉄所の中に入ったとき、中が少し暖かく感じられた。ゴロツキどもが襲ってきたのでそれどころではなかったが。

まるでここだけ真夏になっているかのようだ。じわじわ滲《にじ》み出てくる汗が、緊張のためのものか熱気のためのものかわからない。カロンはこういった気温の変化に影響を受けないのか、はたまた暑さに強いのか、平然としている。

カロンの前には見るからに頑丈そうな鉄の扉があった。取っ手のようなものは見当たらない。

電子制御で開閉するのだろう。扉の横にはレバーがあった。

「電源が入っていないようですわ。この部屋のどこかにスイッチがあればいいんですけれど」

「ふむ。大したからくりでもなさそうだな」

「か、からくり……？　やけに古風な言い方ですわね」

「……うるさいな、何か文句でもあるのか？　少しあたりを調べてみる」

周囲を見回すと、縞鋼板《しまこうはん》や鉄柵でできた無骨《ぶこつ》な階段がいくつもあった。中二階の壁には何やらスイッチがたくさんあるようだ。カロンもそれを見つけたのか、鉄のフェンスに例の鎖《くさり》を引っかけると、ひらりと中二階に上がっていった。

ノエルは落ち着きなくきょろきょろした。カロンとはそう離れたわけでもないが、こんな敵の本拠地では、ほんの数十秒でもひとりでいたくない。自分は……なにもできないのだから。

ゴロツキの手を振り払うのはおろか、走って逃げることさえ難しい。

ノエルの目の前の扉が、不意にごうんと重々しい音を立てた。そのときだった。

「あっ、いたぞ！」

「！」

ちょっと心配していたらこれだ。中二階の端から男がふたり現れた。ふたりはまずカロンを発見したようだが、悪魔よりも先に手足のない少女を狙うことにしたようだ。賢明《けんめい》な判断と言える。

鉄の床と階段が、男たちの足で踏み鳴らされる。カンカンカンカンという音が押し寄せてくる。

ノエルは何もできない。何も。

男のひとりが悲惨《ひさん》な悲鳴を上げた。ぢゃららっ、と鎖が鳴る。鎖は床の縞鋼板とぶつかり、火花を散らした。

残るひとりは、ノエルのすぐそばにまで迫っていた。手にはナイフ。殺す気だ。ボマーの指示なのか。それとも、バロウズか。

ノエルの視界が一瞬で真っ黒に染まる。

中二階から、カロンが飛び降りてきたのだ。

カロンの長い足が男の腕を蹴り上げる。ナイフはあっさり弾き飛ばされた。男が「あっ」という顔をした〇・五秒後には、カロンの鉤爪が男の腕ごと胸を斬《き》り裂いていた。男は悲鳴を上げて倒れたが、カロンがすかさずその脇腹を蹴った。

男はボールのようにすっ飛び、ドラム缶に激突して動かなくなった。

カロンはポケットに両手を突っ込んでノエルと扉に近づいてきた。

「よくわからんが、適当なスイッチを押したら反応があったぞ」

「い、今の戦いについてはノーコメントですの?」

「ふん。コメントなどするまでもない」

ノエルはひしゃげたドラム缶を一瞥《いちべつ》してから、気を取り直し、大きな鉄の扉を見た。レバーのそばのランプが点灯している。カロンが押したスイッチというのは、電源かもしれない。

「このレバーを下げてくださいまし。わたくしではこの程度のこともできませんわ……」

「…………」

カロンがもの言いたげに目を細めたが、結局何も言わずにレバーを下げた。

ブザーが鳴り、扉が自動的に開いていく。

それと同時に、かなりの熱気と、まぶしいくらいの光が、向こう側から押し寄せてきた。

「な、溶鉱炉《ようこうろ》が……!?」

大きく広い吹き抜けの部屋を照らし、熱しているのは、どろどろに融《と》けた鉄のようだ。溶鉱炉が……稼働《かどう》している。

「カロン。ここは運営会社が廃業して、閉鎖されたのではなくて!?」

「……ヤツの力だろう。ヤツは自らを〈爆熱の魔人〉などと称していた」

「こ、これが、魔人の力……?」

「会社の社長を殺せなどというちっぽけな願いではなく、自分にもこういう能力をくれと私に願えば、お前も似たようなレベルの能力を持てただろう」

「こんな能力、ピアニストには必要ありませんわ!」

もはや汗が滲むどころではない。汗が噴き出てくる。溶鉱炉からは、ときおりプロミネンスのように火が躍《おど》り上がっている。

これがボマーの力。

こんな力を得た〈代償《だいしょう》〉はいったい、どれほどのものなのか。

それでも、ここで怯《ひる》んで立ち止まってはいられない。

——ぜったいに、ジリアンを助けなければ……!

「ボマーは本気だな」

カロンはやはり、これほどの熱気も苦にしないようだ。意思を持っているかのように蠢《うごめ》く橙色の鉄を、彼もまた真剣な眼差《まなざ》しで睨みつけていた。

「……大丈夫ですの？　……その、結局ボマーと戦うことになるのはあなたでしょう……？」

「妙な遠慮をするな。お前は私にただ一言、『あいつをやっつけて』とだけ言えばいいのだ」

カロンがさっとノエルに顔を向けた。

「お前の復讐にかかわるのならば、私は悪魔としての矜持《きようじ》を賭《か》けて、契約をまっとうする。それが私たちを繋《つな》ぐ、悪魔の契約という〈鎖〉だ」

鎖。

繋ぐ。

その言葉に、ノエルは生唾《なまつば》を呑み込む。

カロンは「ノエルのせいで」こんな展開になったとは思っていない。彼はノエルが選んだ道についてくる。まだ、ノエルは復讐への道に進むことを迷っているのに。

彼は……信じているのか。

——わたくしのことを。

「わかったな、ノ、エ、ル・チ、ェ、ルク、ェ、ッ、テ、ィ。復讐をする腕がないのなら、私が与えた義足で、その瞬間を踏みしめろ」

ぞくり、とノエルの身体《からだ》に寒気に似た感覚が走る。

恐怖ではない。これは……。

高揚《こうよう》しているのか。

「……ええ。わかりましたわ、カロン。ともかく今は、ジリアンを助けださなければ前に進めませんわよね」

しかし、暑い部屋を探索してようやく見つけた階段は、溶鉱炉から飛び散ったであろう炎と鉄で融かされてしまっていた。ざっと周囲を見たところ、他の扉は瓦礫《がれき》やガラクタで塞《ふさ》がれている。上に行くしか道はなさそうだ。

カロンは縞鋼板と鉄柵でできた階段を見上げる。

「お前を引き上げるしかなさそうだな」

「ま、またですの⁉　イヤですわ！　あれけっこう痛いんですのよ⁉」

「じゃあどうしろと言うんだ？」

「ほ、他の道を探すとか……あとは……、そうですわ、ここは製鉄所なんですからリフトのようなものがあるかもしれなくてよ！」

「そんなものを探すより鎖で引っ張り上げたほうが早いと思うが」

「急いでいても繊細な乙女《おとめ》の扱いには気をつけてくださいまし！」

「……はいはい」

カロンは露骨《ろこつ》に呆《あき》れたあと、部屋の奥に向かった。

すぐに何か見つけたようだ。不意に、ノエルの頭上で大きな機械音がした。

「え⁉　ちょっと！」

ノエルめがけて、古いクレーンが下りてきた。恐らく鉄骨を移動させるためのものだろう。

こちらを振り返ったカロンは、まるで悪魔のような笑みを浮かべていた。……いや、そういえば悪魔だ、彼は。

クレーンのフックがノエルを引っかける。そこまではよかったのだが、クレーンはけたたましい音を立てて暑い部屋をうろうろしだした。ノエルは生きた心地がしなかった。下手をすると溶鉱炉の中に投げ落とされそうだ。

わめきながら下を見ると、カロンがクレーンの操作盤であろう機械のボタンをじつに適当に押している。

「ああーもう！　遊ばないでくださいまし!!　ぶっ殺しますわよ!!」

恐怖のせいか怒りのせいか、ノエルの言葉遣《づか》いはかつてないほど汚くなった。カロンももう笑ってはいない。むしろなんだか戸惑っている。

「さ、さてはあなた、機械音痴《おんち》ですわね!?」

「うむ、機械はよくわからん。できればそっと下ろしてやりたいのだが」

「早く下ろしてくださいまし!!　この鳥頭!!」

「なんだと!?　貴様、炉の中に下ろされたいのか！　まったく、だから鎖でやったほうが早いと……」

「はーやーく下ろしなさいッ!!　わたくしに復讐をさせたいんじゃなくって!?　大悪魔様!!」

「ええい、クソが！」

「ふぎゃん！」

殴り壊しそうな勢いでカロンがボタンを押すと、ノエルは二階に放り投げられた。床は縞鋼板ではなく金網だ。身体や顔に金網の痕《あと》がついたらどうしてくれるのか、とノエルの乙女心《おとめごころ》は怒りで煮えたぎった。

鎖が鳴る音が聞こえ、倒れたノエルのそばにカロンが降り立つ。

「これじゃ鎖で引き上げるのと大して変わらないじゃありませんの！」

「ああ、そうだな」

カロンはしかめっ面で、心底面倒くさげな返事をした。

その目はノエルではなく、近くの扉を睨んでいる。

「いらん時間を食った。さあ、行くぞ」

カロンはノエルが自力で立ち上がるのを待たず、片腕で引き起こした。ついさっきまでとは打って変わって真剣な態度だ。立ち上がり、彼の視線の先を見たとき、ノエルはその理由を知った。

扉は半開きだった。取っ手に……ぼろぼろの青い服が引っかけられ、かすかに揺れている。

女物の薄手の服だ。血と煤《すす》が……ついていた。

そして何より、ノエルにはその服に見覚えがあった。あの子の……お気に入りだ。

「……ジリアン!!　この服はジリアンのものですわ!!」

「やはりそうか。ヤツはゲ、い、いームを楽しんでいるようだな」

「ゲームですって!?」

「そうだ。我々を意のままに操作しているつもりだろう」

「ゆ……許せない……！」

ノエルはよろめくようにして、カロンよりも先に扉に向かう。ノエルに両手がないから、ボマーはわざわざ扉を半分開けていったのか。ふざけている。馬鹿にしている。ノエルは肩で扉を押した。

風がノエルの髪を揺らした。

扉の向こうは渡り廊下で、大きな窓のほとんどが割れている。外の風は涼しく、溶鉱炉の熱と怒りで火照《ほて》った身体をたちまち冷やした。

窓の向こうのラプラスは、夕暮れに染まっていた。

それを見ながら歩いていると、ノエルの心の熱も徐々に冷えていく。

渡り廊下がやけに長く感じられてきた。疲れのせいか、足下がぐらつく。義足で歩くコツは押さえたはずなのに。

夕暮れが嫌いになりそうだった。

バロウズにそそのかされたあのときも、ノエルの眼前には美しい夕焼けが広がっていた。

溶鉱炉の光で目がくらんでしまったのか、夕暮れが赤く沈んでいるように見える。まるで血の色だ――。

気づけば、ノエルは立ち止まってしまっていた。

「おい、どうした?」

「……わたくしは、復讐をする資格がある人間なのでしょうか」

「……まだ迷っているのか?」

咎《とが》めるような、カロンの声色《こわいろ》。それにかまわず、ノエルは続けた。

「ずっと、考えていましたの」

バロウズに騙《だま》されて悪魔と契約した。そして手足とピアノを失った。それだけなら、たしかに、自分は被害者だ。バロウズとシビラに怒りを向けるのも、当然だ。

でも。

「わたくしはあの夜、『ひょっとしたら式典奏者になれるかもしれない』と期待して、廃ビルに行きましたの。シビラさんの話は嘘《うそ》でも……わたくしのその欲は、嘘ではなかった」

「…………」

「親友が式典奏者に選ばれた、その日ですのよ。わたくしがやるべきことは、そんなことじゃなかった。親友の成功を祝福するのが筋でした。それなのに、わたくしは……」

『だから今どんな気持ちだ、と笑いたいのでしょう!?』

『チェルクェッティ家の娘が無様《ぶざま》な姿をさらす、今！　このざまを見て優越感に浸《ひた》りたいのでしょう!?』

「あの態度だけでも最低なのに……とうとう、ジリアンを巻き込んでしまった。あの服を見ましたわよね？　きっと大ケガをしていますわ！」

ずたずたの服についた血を思い出し、ノエルは身震いする。

「こんなことになってもまだバロウズ市長から逃げて、戦おうだなんて……まるで、八つ当たりに八つ当たりを重ねる、子供のわがままみたいじゃないですの。……わたくしが復讐だなんて、図々《ずうずう》しいですわ。いっそ、死んでしまったほうが――」

無我夢中《むがむちゅう》で製鉄所内を進んでいるうちに、ずいぶん上まで来ていたらしい。割れた窓から見える地面は、思ったよりもずっと遠くにあった。

じっと地面を見つめるノエルのとなりに、カロンが静かに歩み寄ってくる。

「子供のわがままみたい、か。……いや。今のお前は、わがままな子供よりもひどい」

低く寂《さ》びた声が、ノエルの胸に突き刺さった。

「それはただ、もう何も考えたくない、何もしたくないと逃げているだけだ」

「………」

「ジリアンに八つ当たりし、お前の欲が原因の事件に巻き込んで、申し訳ないと思うのなら
――本人《ジリアン》にそう伝えるのが一番に決まっている。迷惑をかけるだけかけて、自分は黙って退場するつもりか？　そうやって、またひとつ……自分勝手を重ねるのか？」

「ッ！」

この悪魔の言葉は、いちいち人の神経を逆撫でし、いたずらに傷つけ、そしてときには、力強く引っ張り上げようとする。

どれほど長生きをしているのか知らないが、彼と話していると、自分が愚《おろ》かな子供であることを思い知らされる。

――私は、子供で。わがままで。そして、自分勝手だった。

うなだれるノエルに、カロンはたたみかけてきた。

「だいたいな、お前の考え方は謙虚《けんきょ》すぎる。ジリアンがどうこうなど関係なく、バロウズはお前を利用したのだ。それに復讐するのに『資格』があるかないかなどという話はいらん。お前の、欲望のためなら悪魔とさえ契約する、あの前のめりな傲慢《ごうまん》さはどこに行った？」

「………その傲慢さは、人に迷惑をかけますわ」

「死ねば誰にも迷惑がかからない、か？　そんなクソつまらんことを言ってつましく生きるより、多少人に迷惑をかけてでも我が道を行ったほうが生きがいがあるというものだろう。迷惑をかけた相手には、傲慢に歩みよって無理やりにでも助けてやればいい」

「それは……、その、やり方は……」

「あいにくと、私は悪魔なものでな。人間が美徳とする精神は性《しょう》に合わないのだ」

にたりと、悪魔が悪魔にふさわしい笑みを目元に浮かべる。

「……まったくですわね。あなたはいつでもムダに偉そうですもの」

「大悪魔だから実際偉い」

「わたくしも上流階級だから偉いんですのよ」

「ふん。とにかく今は、ボマーを倒すことだけ考えろ。ジリアンにどう詫《わ》びるかは、ヤツの手から救い出したあとにでも考えればいい」

「……そうですわね。今はあの子を助けることが、わたくしにできること」

ノエルは夕暮れから視線を引き剥《は》がした。

「ありがとう、カロン。——行きましょう」


渡り廊下は大きな棟につながっていた。錆《さ》びた大きな扉には、古めかしい文字で『第二高炉』『危険』『関係者以外立入禁止』と記されている。ロックはかかっていないようだった。カロンが押すと、扉は耳障《みみざわ》りな音を立てながら開いた。

また熱気が襲いかかってくる。この溶鉱炉も、魔人の力で無理やり覚醒《かくせい》させられていた。マグマのように煮え立ち、まばゆくかがやく鉄のプール。

黄色の光を背にして、魔人ボマーは仁王《におう》立ちしていた。

「よう、やっと来たか」

ノエルはそれに答える前に、親友の姿を見つけてしまった。

「ジリアン‼」

ボマーの背後には鋼鉄製の中二階がある。その鉄柵の向こうで、ジリアンが横たわっている。ぴくりとも動かず、表情もうかがい知れない。

「ジリアンッ‼　大丈夫ですの⁉」

いらえはない。ノエルはボマーを睨みつけた。

「騒ぐなよ、死んでねぇって。もっとも、このまま放置したらわからねぇがな」

ボマーはへらへら笑いながら肩をすくめた。

「どこにいるかもわからねぇお前に気づいてもらえるように、って張り切っちまってよ。市街地で使う爆弾にしては、ちっと火薬が多かったみたいでなぁ」

彼はガスマスクの奥で笑っている。低い、くつくつという笑い声が漏《も》れてくる。

「だが、おかげで今こうしてここに役者が揃《そろ》ってる。火薬はムダにはならなかったなァ！」

ひと息に怒りが燃え上がって、ノエルは怒りで震えながら大声を上げた。

「あなたは許しませんわ‼　わたくしを狙うなら、わたくしだけ狙いなさい！　無関係の人を傷つけて、人質にまでするなんて……あなたも、バロウズ市長も……卑劣《ひれつ》の極みですわ‼」

「無関係じゃねぇだろ、こいつは。お前を釣り上げるための立派なエサだ」

ノエルは今までこんなに本気で人を怒鳴りつけたことなどなかった。ほんの一瞬、怒りの奥底で、『殺してやりたい』という物騒な考えが脈を打った。けれども、ボマーはちっとも動じていない。

しょせん、腕も足もない小娘がわめいているだけだから。

「お前なんかどうでもいいんだよ。あとで適当に爆破してやるから引っ込んでろ」

「ッ……！」

ノエルは屈辱《くつじょく》に歯を食いしばる。歯が折れるのではないかと思えるほどに。

ピアノコンクールで賞を逃した、あの瞬間に匹敵するくらいの屈辱だ。ボマーはノエルを鼻で笑うと、するどくカロンを指さした。

「やっぱりろくに歩けもしねぇお嬢様より、おめえだよ！　大悪魔カロン！　とっとと始めようぜ！」

「……気に入らないな」

この場の誰よりも冷静なように見えたカロンだったが、細めた赤眼とその台詞《せりふ》には、怒りや嫌悪が滲み出ていた。

「悪魔と契約しただけの人間ごときが、私に勝つつもりでいるようだが――教えてやろう。火遊びが過ぎると破滅するということをな」

「おいおい、喧嘩売ったのはこっちだぜ。勝つつもりもなくて喧嘩売るかよ、馬鹿野郎！　楽に勝てる戦いはもう飽きた。互角の戦いと行こうじゃねぇかッ」

ぼうっ！

ノエルは一瞬ボマーから顔を背《そむ》ける。ボマーの両手で爆発が起きたように見えた。小さな太陽のような火球が、彼の手の中に生まれる。その瞬間、熱風がノエルの頬に当たった。

野球ボール程度の大きさの炎が現れただけなのに、この熱。ボマーは平然としている。彼が炎の影響をまったく受けなくなったという話は本当のようだ。

「お前らに恨みはねぇが、バロウズの指示もある。……いや、今はあの野郎の都合なんかどうでもいいか。これは俺の、魔人フーゴ・ドレッセルの戦いだ。焼かせてもらうぜ！　見せてくれよ、悪魔の血は何色に燃えるのかをよ!!」

ボマーが腕を振りかざせば、その手中の太陽が激しく燃え上がった。

その音にも、周囲で煮えたぎる鉄の唸《うな》りにも負けない声で、ノエルは大悪魔にこいねがう。

「カロン、お願いしますわ。『あいつをやっつけて』！」

「承知した！」

ノエルは今の足で可能なかぎりすばやく後ろに下がった。しかし爆風は容赦《ようしゃ》なく襲いかかってきた。ノエルは半分背中を押されたと言ってもよかった。ボマーが生み出した火球は、ただの炎の塊ではない――『爆弾』だったのだ。

ノエルは転び、倒れたまま後ろを振り返る。

カロンの鎖が流星のように視界を横切る。

それは蛇《へび》や東洋の龍《りゅう》のように、弧《こ》を描いてボマーに襲いかかった。ボマーが左手をかざした。

爆発。しかし、カロンの鎖は砕けなかった。ボマーが舌打ちする。

砕けはしなかったが、鎖は弾かれた。カロンは何も言わず、鎖を持った右手をもう一度振る。さっきよりも数倍早く、鎖がボマーを襲った。

「うおおおおぉぉぉぉおおお!!」

ボマーが雄叫《おたけ》びを上げた。

爆発!

ボマーは自分が起こした爆発の影響を受けないのか。自分そのものを爆弾にしたかのようだった。彼を中心に起こった爆風は、奇怪な紫色をしていた。その爆発が、カロンの鎖の一撃を弾き飛ばす。

ボマーが突進した。彼自身が炎の塊になっていた。

カロンが鎖を——天井に向かって投げた。

クレーンだ!

見上げれば、さっきノエルを引っかけて移動させたものと同じようなクレーンが、天井からいくつも吊《つ》り下がっている。カロンの鎖はそのうちのひとつに絡みつく。

鎖が縮む。カロンは突進してきたボマーの頭上を軽々と飛び越え、ボマーの背後に回った。

「!!」

ボマーが振り返るよりも早く、カロンの長い足がボマーを蹴り飛ばした。ボマーは何メートルも吹っ飛び、ドラム缶とガラクタの山に激突した。

カロンは自らを「武闘派ではない」と称していたが、ノエルにはとてもそうは思えなかった。

彼が肉弾戦を得意としていないならば、『武闘派の大悪魔』はいったいどれほどの戦闘能力を持っているというのか。

カロンがさっと振り向き、ノエルを見据えた。

「行け！」

「！」

「お前はジリアンを保護しろ！　ヤツは今バロウズの命令もお前も眼中にない。ジリアンのこともどうでもいいはずだ。早く行け！」

でも、とノエルは反論しようとした。この契約は、カロンがノエルの『手助けをする』というものだったはずだ。契約者が悪魔を放っておいていいものなのか。

「何をためらっている！」

ボマーが突っ込んだガラクタの山が動いた。

「お前にできることをしろ!!」

「……ッ！」

ノエルは立ち上がった。今までの中で一番早く立ち上がれた。奥に、開いたままの扉がある。ノエルがよろめくようにして歩き始めたとき、ドラム缶とガラクタが吹っ飛んだ。爆炎をまとったボマーが飛び出してくる。

しかしボマーが咆哮《ほうこう》を上げながら突っ込んでいったのは、ノエルではなく、カロンだった。

「てめえぇッ、焼き鳥にしてやるッッッ!!」

カロンの言ったとおり、もう彼にはノエルなど見えていない。悪魔との戦いにすっかり夢中だ。ほとんど正気を失っているとしか思えなかった。

爆音と、鎖が鳴る音。

それを背にして、ノエルは懸命に歩く。

そうだ、走ることすらできない自分には、できることが限られている。とてもカロンの加勢など――。

――カロンのためにも、動かないと。今のわたくしにできるのは、ジリアンの安否《あんぴ》を確かめること……！

扉のそばに辿《たど》り着いた。義足がもつれ、ノエルは転んだ。立ち上がる前に振り返る。灼熱《しゃくねつ》の中で、カロンとボマーは戦っている。

扉の向こうは暗く、静かだった。壁が分厚いのか、爆発音が遠い。

コンクリートの階段がある。ジリアンは中二階に放置されていた。中二階とは言っても、けっこうな高さがあった。この階段からそばに行けるかもしれない。

もしここに、ボマーの手下が潜んでいたら……。そんな考えも頭をかすめたが、ノエルはひたすら階段を上った。

二階に上がってすぐのところに小部屋があった。お菓子の袋や空き缶、空のペットボトルといった、生活感のあるゴミが散らばっている。どれも新しいものだった。

途中、粗末なパイプベッドも見つけた。薄汚れた毛布とシーツには、煤と血の染みが残っている。ひょっとすると、ジリアンのものだろうか。

ジリアンのことを考えると、前に進む力が湧いてくる。

自分にできることをしろ。

爆発音が近くなってきた。

自分にできることをしろ。

オレンジ色の光が見える。扉が開いている。その先は、ボマーとカロンの戦場の上。

「ジリアン……！」

ジリアンは、溶鉱炉近くの中二階の床に転がされていた。間近に見ると、目を覆いたくなるような大怪我《おおけが》をしている。額から流れる血で、目が塞がれていた。

ジリアンのそばにひざまずく。ジリアンが、かすかにうめき声を上げた。ノエルは歓声を上げそうになった。生きている。彼女は息をしている。

──すぐに救急車を呼ばないと……！

次は、電話を探さなければ。そこに考えが至ったところで、ノエルははたと凍りつく。

電話が仮に見つかったとして、どうすればいいというのか。

自分には、腕がない。

──今のわたくしでは、電話すらかけられない。

ここまで来られたのも、カロンの手助けがあったからこそ。

──やっぱりわたくしひとりでは、何も……。何も…………。

頭と胸の内に忍び込んできた絶望を、ノエルは振り払った。

──いえ、今はこんなことを考えている場合ではありませんわ。ひとまずジリアンの無事は確認しましたし、ほかに何か、カロンのために何かできることは……。

ボマーの雄叫びが響いた。その叫びに笑い声が交じっている。

ノエルは立ち上がった。ジリアンが苦しげに顔を歪《ゆが》め、また小さなうめき声を上げる。

「ジリアン、もう少しだけ我慢してくださいまし。終わったら、すぐに病院へ運んであげますわ」

ジリアンに聞こえているかどうかはあやしい。それでも声をかけずにはいられなかった。

身を乗り出し、階下での戦いの状況を確認する。……一瞬、息が止まった。

カロンの右腕がだらりと下がっている。ほとんど動いていない。ぼたぼたと、血が滴《したた》り落ちている。ボマーの攻撃をまともに受けたのか、それとも……官邸で受けた傷が開いたのか。ボマーが笑ったのはそのためか。

「オラオラァ!! どうしたよ、お前の実力はそんなもんか!?」

カロンが右腕を押さえて顔をしかめた。

「あの呪われた日から俺は……ただの爆弾人間だ！ それにくらべて本物の悪魔サマはずいぶん疲れてきてるみてえじゃねえか、あァ!?」

ボマーの家は事故か何かで爆発し、炎上した。彼もまた理不尽《りふじん》な出来事で人生を狂わされているのだ。とはいえ、ノエルは彼に同情する気にはなれない。

——カロンが、押されてる!?

カロンのために、何かしなくてはならない。

自分も戦わなければならない。

あたりを見回す。のろのろと歩き回る。溶鉱炉から上がる熱で、鉄の柵も、金網や縞鋼板の床も、触れると熱い。

この中二階にも、ガラクタが無造作に散らばっている。だが、腕がなければ役に立ちそうなものを探すことすらできない。

瓦礫が散らばっている。蹴り飛ばしても、ここからボマーに当たるとは思えない。

クレーンの制御盤を見つけた。だが、どうせボタンひとつ押すこともできない。

大きなフェンスを見つけた。投げ飛ばせれば武器になっただろうか。

何もできない。

やっぱり自分には何もできない。

それどころか迷惑をかける。

カロンが今押されているのも、官邸で自分をかばって怪我をしたせいだ。

カロンの力になどなれない。何をしても、かえって迷惑をかけるだけ。

鉄はぐらぐらと煮え立っている。

あの中に飛び込めば、カロンが戦う理由はなくなって、これ以上傷つかずに済む。

お互いにもう、傷つかずに済む。


『それはただ、もう何も考えたくない、何もしたくないと逃げているだけだ』

『迷惑をかけるだけかけて、自分は黙って退場するつもりか？』

『そうやって、またひとつ……自分勝手を重ねるのか？』


「……いいえ、自分勝手に逃げてはだめ。迷惑をかけたなら……傲慢にでも歩み寄って、助け

なければ」

『お前にできることをしろ‼』

「わたくしに、できることをしなければ！」

ボマーの背後に回る。彼は相変わらず、カロンしか見ていない。鎖が唸り、爆発がそこら中で起きている。ボマーの攻撃は、もはや手当たり次第のメチャクチャだった。何もせずにいたら、そのうち巻き添えを食うかもしれない。

中二階は天井から鉄骨の柱で支えられていた。ボマーの後ろにある柱は、錆びてボロボロになっている。ノエルが肩で押すと、いやな音を立ててぐらついた。

これをボマーの上に落とすことができれば。

でも、腕もないのに、どうやってこれを押す？

「……いえ、そんな簡単にあきらめてはだめ。絶対に、どうにかしてみせる！」

ノエルも今のボマーとそう変わらない心理状態だ。無我夢中だった。やれるべきことを。やらなければならないことを。これはもう、自分に課せられた任務だ。

腕がないなら、体当たりをするしかない。助走もつけられないけれど。

倒れ込むようにして、錆びた鉄骨にぶち当たる。鉄骨は傾《かし》いだが、ノエルもその場に倒れた。

痛い。

ただ転んだだけとはわけがちがう。肋骨《ろっこつ》を痛めたような気がする。

立ち上がって、また体当たりする。

痛い。

鉄が身体に刺さったような気さえした。

——ただ鉄骨に体当たりするだけでこんなに痛いのに。カロンはいったい、これまでにどれほどの痛みを……？

それでも、まだ任務は続いている。

立ち上がって、鉄骨にぶつかる。

痛い。

でも、この任務をあきらめたくない。

眼下で、ボマーが獣じみた叫び声を上げた。

太陽……、融けた鉄より明るい炎の塊が、ボマーが掲げた両手の上に現れていた。今まで彼が生み出したどの『爆弾』よりも大きかった。

「こいつで終わりにしてやるぅ!!」

カロンの鎖さえ、砕いて、融かしてしまうのではないか。ボマーは勝利を確信したかのように、げらげら嗤《わら》い出した。

——あんなヤツを相手に、泣き寝入りなんて、してやりませんわ！

目を開ける。うつむいていたから、まず目に飛び込んできたのは、鉄板の床と無機質な足。

普段はタイツを穿《は》いてカモフラージュしている義足も、いつの間にやらタイツは破れて、金属やシリコンがあらわになっていた。

――この義足すら、カロンにもらったものでしたわね。……足を奪っておきながら足を与えるなんて……、契約だかなんだか知らないですけど、それなら最初からこんなことしないでくださいまし……。

カロンはボマーを見据《みす》えている。

何か作戦でもあるのか、それともボマーの言うとおり、疲れで動けないのか。ただその赤い眼は、まっすぐに敵を睨みつけている。

彼もまたあきらめてはいない。

――義足の恩、お返ししますわよ!!

生身の身体では鉄を砕けないが、今のノエルには、鉄の足があった。

「――くらいやがれ、ですわ!!」

体重をかけて、振り上げた足を鉄柱に落とす。

大きな音が上がり、ノエルの足の切断面から身体中に衝撃が走る。

身体が倒れていく。

鉄の柱といっしょに落ちていく。

「ノエル……!!」

カロンの大声が聞こえた。

ボマーが振り返った。

だが、遅かった。

ゴしゃッ。


「……さすがに無茶をしすぎだ。義足じゃなかったら骨折どころの騒ぎではないぞ」

「でも義足だったから、骨折どころの騒ぎじゃありませんでしたわね」

「……まったく……」

ノエルは立ち上がることもできなくなっていた。鉄骨に蹴りを入れたせいで、義足が片方へし折れてしまったのだ。座り込むノエルのかたわらに、無残な姿で転がっている。

「お前に死なれると困ると言っているだろうに。──だが、正直、お手柄だったな」

カロンとノエルの目の前には、錆びた鉄柱の下敷きになったボマー。

じわりじわりと、血の海が広がっていく。

鉄柱はまずボマーの頭を直撃した。ノエルのすぐ下で、人の骨が折れる音と、肉が裂けて潰《つぶ》れる音が上がった。鳥肌が立つくらい、嫌な音だった。いや、音だけではない。錆びた鉄越しに、その感触さえも伝わってきた。

人間なら死んでいる。

だがボマーは人間ではなくなっていた。

「…………ふ、へへ……はは、は……。ははははは……。ハア、ハア……」

鉄骨の下、血だまりの中心で、ボマーは弱々しい笑い声を上げた。

「ゆ、油断……したぜ。魔人の……ほうも……こ、こまで、動けるとはなぁ……」

「勝負あったな。このままお前を警察に突き出せばおしまいだ。バロウズと『爆弾魔』のつながりも洗い出されるだろう」

「いくら市長といえども、無傷では済みませんわよね？　じゃあ、これで――」

復讐は終わるのか。ノエルが明るい声を出しかけた、そのとき。

ボマーが咳《せ》き込みながら笑い出した。

「ま、末端からヤツの悪事が、あ、明らかになる、ようなら……あんな野郎、とっくに、ブタ箱に入ってるさ……」

「なに？」

「……いいぜ……。アツい時間のお礼だ、答えてやる……」

カロンとノエルは顔を見合わせた。うつ伏せのまま、相変わらずガスマスクをかぶっているボマーの話は、かなり聞き取りづらい。

さすがに彼も弱っているのは確かだった。呼吸にはひゅうひゅうと妙な音が混じっていて、かなり苦しげだ。

そして、溶鉱炉に満たされた鉄の温度がみるみるうちに下がっていっている。鉄が煮えたぎる、地響きのような低音はほとんど聞こえなくなっていた。

ノエルとカロンとともに、ボマーの話に聞き耳を立てた。

「まず第一に……俺は、警察《サツ》に、バロウズのことを喋《しゃべ》らない……」

それはなぜか。

報復が、恐ろしいから。

ボマーはべつに彼をかばいたいわけではない。バロウズはいくらかの金と、自由を与えてくれただけの男だ。たまに彼の指示に従って人なり場所なりを爆破していれば、ボマーは逮捕されずに済んでいた。

「こんな危ない爆弾魔を放置させるなんて、バロウズ市長にはそこまで権力があるんですの!?」

「ヤツの手は警察の上層部にまで伸びているということか」

「……ああ、そうさ。ラプラス警察は……腐《くさ》りきってる。マフィアの連中がのさばってたときと……なんにも変わっちゃいねぇ」

ボマーのような末端の『汚れ役』がバロウズの名を出せば、すぐに市長本人に情報が飛んでいくだろう。そして始まるのは、裏切りへの報復だ。

バロウズは裏切り者を必ず始末する。たとえ警察署や刑務所の中にいても、必ず殺される。裏切った本人だけではなく、家族も仲間も皆殺しにされる。口封じと見せしめのために。

現にボマーも、口の軽い裏切り者たちがどうなったか、見せしめられた。だから、たとえ警察に拷問《ごうもん》されても、バロウズの名前は口にしないつもりらしい。

これほど頭がイカレた魔人でも、バロウズの報復を恐れている。

「第二に……たとえ命を賭けて、俺が、ヤツのことを喋ったとしても……ムダだからさ」

それはなぜか。

今の警察とマスコミは、すべてバロウズが操っているから。

バロウズが何をしようと、誰を雇おうと、自分の利益のためスケープゴートに悪魔と契約させたとしても、すべてなかったことにされてしまうのだ。

ノエルは思い出した。自分が官邸に殴り込んで騒ぎを起こしたことを報じた新聞はなかった。官邸に大悪魔が乗り込んできたというのは、前代未聞の大事件になってもおかしくないのに、ラプラスは静かなものだった。ステラステージの社長が死に、建設中の支社ビルで爆発があったことを、引き続き報道していたくらいだ。

「ヤツはいつの間にそこまで……」

カロンが嘴の中でつぶやく。その言葉にノエルはなんとなく引っかかりを感じた。

「へへ……わ、わかっただろ……？」

ボマーが咳き込む。びちゃっ、と湿った音がした。ガスマスクの中で血を吐いたようだ。彼の声は、もう、かがみ込まないと聞こえないくらい小さくなっていた。

「尻尾《しっぽ》を引っ張って……本体を引きずり落とそうなんて……セコい真似《まね》は通用、しねぇ……。バロウズを倒したいなら……バ、ロ、ウ、ズ、を、倒、す、しか……ねぇんだよ」

「……！」

「お前らの敵は……ラ、プ、ラ、ス、そ、の、も、の……だ……」

ボマーの言葉は、それが最後だった。彼はもう、咳き込みもしなくなった。

死んだのかどうかはさだかではない。ひしゃげた鉄柱をどかせばはっきり生死を確かめられるだろうが、カロンはそこまでする必要はないと判断したようだ。

「……やっぱり、そう簡単には解決しませんのね」

ちょっと喜びかけてしまった自分が恥ずかしい。ノエルは肩を落とした。

「どうするんだ、ノエル？　火の粉を振り払うだけではどうにもならんようだが」

腕組みをしたカロンの目を、ノエルはまっすぐに見つめた。

カロンはノエルがどう答えるのか、すでに予想できている気がする。彼はそんな面持ちをしていた。それでも黙って、ノエルの次の言葉を待っている。

「腹は括《くく》りましたわ。わたくしノエル・チェルクェッティは、ラプラス市長ラッセル・バロウズと……戦います」

「そうか」

「このままあの男を放っておけば、ジリアンだけじゃなく、もっと多くの人に迷惑がかかるでしょう。ならばこちらから出向いて、わたくしの人生をもてあそんだことを後悔させてさしあげますわ……！」

「――決めたのだな」

カロンの声が、いつも以上に低い。

それは彼もまた真剣に、ノエルの決断に向き合ってくれているという証《あかし》かもしれない。

「わたくしはやっぱり、傲慢には生きられませんわ。でも、自分に敵意が向けられたときには、迷ったり逃げたりするより、戦おうと思いますの。そうすれば、誰も死ななくて済むのではないかと……今日、知りましたから」

「危険な道のりだぞ。私が守りきれず、途中で死ぬ可能性もある」

「お前が、バロウズを打ち倒すまで私の手助けを受け続けるということは、つまり――それだけ巨大な代償を支払わなければならないということだ。時間をかけ、修羅場《しゅらば》をくぐり続ければなおさらな」

「………」

「お前がバロウズを倒し、『第一の契約』を打ち消して、自らの手足を取り戻した瞬間。私の助けがいらなくなった瞬間――私は、〈代償〉にお前の命を貰《もら》い受けるかもしれん。契約の代償は、悪魔がその場で一方的に決める」

それを、『第一の契約』を結ぶ前に言ってほしかった。

けれども、召喚者がそれを知っていることを前提として、悪魔の契約が進むのが常なのだとしたら……やはり、愚《おろ》かだった自分が悪いのだ。知らなければ、その場で尋《たず》ねるべきだった。

何の代償も支払わずに、人を殺すことができるのかどうか、と。

見慣れたはずのカロンが大きく見える。

初めて廃ビルで出会ったときと同じくらいの威圧感を感じる。

間違ったことやふざけたことを、とても口にできないような空気。しかしノエルの腹は決まっている。

「……それも承知の上、ですわ」

ノエルが答えたそのとき、大悪魔の赤眼がぎらりと光った。

ノエルの視界がほんの一瞬暗転した。

「承知の上ですわ」

頭の中で、不吉な鐘の音が響いたようだった。

ああ、これは、前にも経験した。『第一の契約』にもとづき、カロンが〈奇跡〉を起こしたあのときに。

自分は再び、大悪魔に魂《たましい》を売ったのだ。

「いいだろう、ノエル・チェルクェッティ。この大悪魔カロン、お前の〈覚悟〉を聞き届けたぞ」

けれどこの『第二の契約』は、あのときのように、指先ひとつでは解決しない。とほうもない時間と労力をかけなければ、ラプラスそのものは倒せない。

いったい自分は、この大悪魔に、何を支払うことになるのだろう。ぜったいに、ろくなことにはならない。今よりももっとつらい目に遭《あ》うのだろう。

「今度こそ、お前の意思に間違いはないな」

ノエルはうなずいた。

「ならばあらためて、私は契約に従い、ノエル・チェルクェッティの守護者となろう。私は手を貸すだけだ。自分の不始末は自分でケリをつけてみせろ」

「あなたの不始末でもありますけれどね」

「なんだと？　まったく、私の契約者というのはなぜこうも生意気なヤツばかり——」

カロンは左手で軽く頭を抱えた。彼の右腕は、まだだらりと力なく下がったままだ。

それを見て、ノエルは話を切り出した。

「そうですわ。それはそうと、少し前から考えていたことがありますの」

「……ふむ？」

「あなたに新しい悪魔の契約を……『第三の契約』をお願いしたいのです」

いずれ自分のすべてではなくなる。

この復讐が終わったときに。

それならば――。


日が落ち、警察も、医療関係者も、家族も立ち去った。

病室には静寂《せいじゃく》が落ちている。

ジリアン・リットナーの怪我の処置は終わった。彼女につながれたいくつもの医療機器は、容態《ようだい》が安定していることを知らせている。

ジリアンは清潔なベッドに横たわっていた。爆風か何らかの破片が飛び散ったかで、ジリアンは目も痛めたようだ。顔にも包帯が巻かれていて、彼女が目覚めているのかどうかもわからない。

ノエルはジリアンの傍《かたわ》らに立っていた。

しばらく、ただ黙って親友の顔を見下ろしていた。

ここで謝っても、聞こえているかどうかは――。

「ジリアン。わたくし、あなたに嫉妬《しっと》しましたの。それは、わたくしの心が弱かったから。それがすべての歯車を狂わせて……こんなことになってしまいましたわ」

ジリアンは身じろぎもしない。やはり眠っているのだろうか。

いや、聞こえていなくてもいい。何も言わずにはいられない。

「……ごめんなさい」

「………」

「謝ってどうにかなることではありませんわね」

「………」

「わたくしはバロウズ市長と……ラプラスと戦いますわ。ピアノを、大切なものを、取り戻したいんですの。手を尽くせば取り戻せるものもあると……知ることができたから」

『迷惑をかけた相手には、傲慢に歩みよって無理やりにでも助けてやればいい』

傲慢なる悪魔はそう言った。その言葉に従い、ノエルは今ここにいる。大怪我をして伏せっている友人のところに強引に押しかけ、聞こえているかもはっきりしないのに、お詫びの言葉を並べ立てている。

こんなことで、許されるだろうか。……そんなはずはない。

できれば直接目を見て謝りたかったが、もう二度とジリアンには会えないだろう。そのほうがいいのだ。これ以上巻き込むわけにはいかない。

「………さようなら」

ノエルは別れを告げ、ベッドから離れる。

すると。

小さな小さな、声がした。

「…………。……ノエル、なの？」

ジリアンは起きていたのか。それとも、今まさに目を覚ましたのか。

今となっては、どちらでもいいことだ。

「……いいえ。わたくしは――」

ノエルは振り返らなかった。


「ただの魔女、ですわ」


病室の外には、カロンがいた。

夜とはいえ、どうやってこの病院に忍び込んだのか。いつ誰が通りすがるかもわからないのに。だがカロンはそれを気にかける様子もなく、腕を組んで壁にもたれかかっている。

「ノエル」

「なんですの？」

「バロウズを倒すためとはいえ、さらに悪魔の契約を重ねたお前は……もはや立派な〈魔人〉だよ」

「だから、そういう意味で魔女と名乗ったんですのよ」

「だろうな。――ボマーの言葉を覚えているか？　魔人は魔人としての名を持つものだと」

「ええ、覚えていますわ」

「だから考えてみた。お前の『名』を」

「……様式美、ですわね」

「そういう性格なものでな。――自らの死すら覚悟して死地に赴《おもむ》く、その捨て身な生《い》き様《ざま》から
……」

カロンはノエルに赤い流し目をくれた。

「〈被虐《ひぎゃく》のノエル〉、というのはどうだ」

「〈被虐〉……。……好きにして。でも……」

ノエルは渇《かわ》いた唇を舐《な》め、横髪を耳にかけて、微笑《ほほえ》んだ。

「――少し、気に入りましたわ」

Intermezzo 1

ボマー以下四名が逮捕される大捕物《おおとりもの》――ということになるのだろう。明日の朝刊では。

じつのところ、ラプラス警察の機動隊も拍子《ひょうし》抜《ぬ》けしていた。

機動隊が現場に駆けつけたときには、ボマーも彼の手下のチンピラどもも、全員徹底的に痛めつけられて身動きが取れなくなっていたのだ。

ラプラス郊外の廃《はい》製鉄所から煙が上がっていて、ときどき爆発音が聞こえる、という通報が相次ぎ、ついに機動隊に出動命令が下された。

ようやくかよ、と隊員の多くが毒づいた。

警察は、ボマーの本名がフーゴ・ドレッセルであること、閉鎖された製鉄所がアジトであることを、とっくの昔に突き止めていた。

そして、ボマーが魔人《まじん》であることさえも。

生身の人間が魔人を相手取るのはたしかに危険だが、対処方法がないわけではない。何よりボマーはところかまわず爆破する超危険人物だ。これまではうまく調整して遊んでいたのか、直接的な怪我人《けがにん》はほとんどいなかった。

しかし先日、とうとうヤツは市街地の民家を爆破した。つましく、正しく生きていたリットナー家全員が怪我をし、長女ジリアンは死体すらみつかっていない。

警察は何をしているんだ、という市民の怒りの声は少しずつ大きくなっていたが、リットナー家の件でついに爆発した。

警察がどこまでボマーの情報を把握しているか、それはさすがに公には伏《ふ》せられているが――一部の市民にも、すでにボマーの情報が流れ始めていたようだ。アジトの廃製鉄所を〈ド

〈レッセル製鉄所〉などと揶揄《やゆ》して呼ぶ者も現れ始めたくらいに。

警察は今まであえて動かなかったのではない。

〈上〉からの命令で動けなかった。

だから、ようやくかよ、とみんな呆《あき》れていた。

やっとヤツを捕まえられる、と意気揚々《いきようよう》と出動した隊員もいる。

だが、結果はこうだ。

ボマーは大きな鉄柱の下敷きになっていて、虫の息だった。見るからに重傷で、いったい何十本骨を折ったものかわからない。彼は血だまりの中に倒れ伏していたが、その出血量たるや、人間ならとっくに死んでいるほどだった。

彼の手下のチンピラも、全員大怪我をして意識を失っていた。隊員がひとり叩《たた》き起こしたが、どうもヤク中だったらしくまともに会話できなかった。

しかし――。

彼らの傷を見れば、ここで何が起きたかは明らかだ。

「隊長、ボマー以下四名の収容、完了しました」

「……わかった。状況終了。一応、鑑識《かんしき》を呼んでおけ」

「了解！」

若い隊員に敬礼され、「隊長」と呼ばれたその男も、充分若かった。

だがその容姿は、あまり警察官らしくない。

短い金髪には剃《そ》り込みが入っていて、顔と耳はピアスだらけだ。目の色こそ明るい緑なのに、目つきはひどく暗く沈み込んでいる。

〈隊長〉は、ボマーが残した血だまりを睨《にら》みつけていた。

鉄柱は屈強《くっきょう》な機動隊員が六人がかりで持ち上げ、移動させた。魔人の拘束《こうそく》には特別な処置が必要だ。特にボマーは桁外《けたはず》れの力を持つため、かなり手間がかかった。ボマーが途中で意識を取り戻さなかったのは幸いだ。

隊長の緑の目が、じろりと動く。

彼は気づいていた。ここには、もうひとつの小さな血だまりがあることに。

隊長はそれに近づき、かがみ込むと、血を指先で拭《ぬぐ》い取った。色を観察し、匂《にお》いを嗅《か》ぐ。彼の目つきは、さらに険しくなった。

「……悪魔め……」

そう。ボマーとチンピラを叩きのめしたのは、明らかに悪魔だった。それも厄介《やっかい》な大悪魔だ。いずれ鑑識がそんな分析結果を出すだろうが、彼にはわかる。

ラプラスのみならず、世界中にはびこる〈悪〉の化身。正義を乱す〈悪〉の概念そのもの。

「……フ、フーゴ。お前をやったのはどの悪魔なんだ?」

ボマーの血だまりに目を戻した隊長は、ぎりりと拳を握りしめる。

「お前を倒すのは……このオレのはずだったのに……!」

拳を震わせ、歯を食いしばる彼の、緑の目が――。

血のような赤に変わったところを、見た者はいない。

Passage 6

迷宮

スラムの片隅で、ピアノの音が上がる。

ノエルの細く長い指が、Ｃ《ド》の鍵盤《けんばん》を押したのだ。

もう一度、Ｃ。

しかしノエルの耳に伝わってくる音は、Ｃではない。思っていたとおり、このおんぼろピアノは長いこと調律《ちょうりつ》されていない。音はすっかり狂っていた。

今、ノエルの左肩の下には、左腕がつながっている。違和感はまったくない。超常的な力で引き千切《ちぎ》られる前と、何ら変わりはない。十五年間付き合ってきた、自分の利《き》き腕そのものだ。

大悪魔カロンとの『第三の契約』により、ノエルは左腕を取り戻していた。そのかわり——。

「………」

ノエルは左手を右目に持って行く。白い眼帯に覆《おお》われている。まだ少し、ずきずきとした痛みが疼《うず》いている。

利き腕を取り戻した〈代償《だいしょう》〉は、自慢のカシス色の瞳。ノエルは利き目を失った。

カロンは同じ人間と三度も契約をすることはめったにないと言っていた。

しかし、まだまだピアノは弾けない。ピアノを『完璧に』演奏するには、足も必要なのだ。

左腕を取り戻したのは、復讐《ふくしゅう》のため。

せめてボタンのひとつでも押せなければ、と考えたノエルの決断だった。

音は狂っているけれど、ピアノの音を聞けたのは嬉しかった。鍵盤の感触を再び味わうことができたのも、いい気分だった。

感慨にふけっていると、カロンが隠れ家に戻ってきた。どこからか新聞を調達してくるのが彼の日課になりつつある。カロンは今日付の新聞をテーブルの上に投げ出した。

「早速ピアノの練習か？」

「こんな音の狂ったピアノは耳に毒ですわ。それに、やっぱり両手がないと。でもこれで、拳《けん》銃《じゅう》の一発や二発は撃《う》てるようになりました。もうあなたに助けられっぱなしにはなりませんわ」

「そいつは結構。せいぜい私の足を引っ張らない程度に頑張ってくれ」

相変わらず人の神経を逆撫《さかな》でするのがうまい。ノエルはむっとしながら新聞を手に取った。

「で、だ。これからどうするつもりだ？」

「え？　なにをですの？」

「復讐だよ、復讐。復讐は、普通こちらから仕掛けるものだ。具体的に何をするか、プランはあるのか？」

ノエルは言葉に詰《つ》まった。考えてはいるものの、何も思いつかないのだ。

どうすれば、ラプラスそのものを意のままに操るバロウズを失墜《しっつい》させられるのか。

人生、転落するのは簡単だと、スラムの住人は言っていた。しかしあれほど市民から支持されている男を転落させるのは容易ではない。

マフィアでさえ彼にはかなわず、魔人《まじん》ボマーでさえ彼を恐れていた。十五の少女に何ができるというのか。

「……そ、そうですわね……。また市長官邸《かんてい》に突入、は無理ですわよね。だとしたら、暗殺とか……？」

「ただでさえ裏社会に通じている人間なんだ。暗殺される隙《すき》などそう簡単に作りはしないさ。すでにマフィアからは相当恨《うら》まれているだろうに、今ものうのうと生きているのだからな」

「むむむ……」

「バロウズを殺すことだけが復讐ではない。ヤツの市長という地位や、その裏で築いた汚《きたな》い富の山を崩す――それもまた立派な復讐だ」

「それは、わかっていますけれど」

カロンが赤眼を歪《ゆが》め、くつくつと嘴《くちばし》の中で笑った。

「ここまで来て、何を迷っている？　この際、派手にやってしまえばいいのだ」

この悪魔は、いったい何を企《たくら》んでいるのか。そして自分に、いったいどんな答えを見つけさせようというのか。彼には、次にやるべきことがわかっているようだ。

「いいか、考えてみろ。シビラはなぜ、お前にステラステージの社長を殺させた？」

「……それは、ステラステージという会社自体が、市長にとって邪魔だったから……」

「そうだ。そのまま考えろ。ではなぜ市の外から来た海運会社が邪魔になる？」

「…………。……お金が、そっちに流れてしまうから、とか？」

あまり自信はなかったが、正解だったらしい。カロンは満足げにうなずき、腕を組んだ。

「大方そうだろう。しかし、バロウズは市長だ。経営者ではない」

「じゃあ、どうして？」

「そのあたりに、おそらくバロウズの利益に繋《つな》がる何かがあるのだ。バロウズが直接損をするのではなく、ヤツに利益をもたらす『何か』か、『誰か』が、かなりの損をするのだろうな」

「つまり、警察と同じように、どこかの企業が市長と繋がっているということですのね」

カロンはうなずいた。

「市長官邸の警備員を相手にするのはきつい。ラプラス警察を相手にするのもきつい。だが——ただの企業に乗りこんで、バロウズの汚職の証拠を盗み出すだけならどうだ？」

「！」

「それに。確かに市内《ここ》はヤツの庭かもしれないが、ラプラスを出て証拠を世間に晒《さら》せば、さすがのバロウズも無傷では済むまい」

「…………なるほど。いけそうですわね」

そのとき自分がどんな笑顔をしたのか、ノエルにはわからない。ただ、それを目の当たりにしたカロンが、愉《たの》しげに赤い眼《め》を細めた。悪魔にとって好ましい笑顔だったのだろう。

「ふん……。いい顔をするようになったじゃないか。これまでのお前と比べて見違えたぞ。ならば決まりだな」

「でも、その肝心の企業がどこなのか……まるで想像がつきませんわ」

「そうか？　私には心当たりがあるぞ」

「そ、それはどこですの？」

「それは——」

『ラプラスにはすでに、古くから地域に根ざした海運会社アクエリアスがあります。競合による企業の成長という良い側面もあるでしょうが、私と市長はこう考えています。ラプラスには、アクエリアスがあれば充分だ、と』

その巨大なビルに到着し、社名を読んだところで、ノエルはシビラがそんな話をしていたことを思い出した。

海運会社アクエリアス。

ノエルは経済には疎《うと》いが、この会社がかなり昔からラプラスに存在することは知っていた。海沿いにそびえ立つ巨大なビルは、海に面したラプラス商業区のランドマークとも言える。

「私が知るかぎり、ラプラスで最も大きな海運会社はここだ。もしもステラステージがラプラスに進出していたら、かなり損をするはずだった」

「……気になっていたんですけれど、カロン。あなたはずいぶんとラプラス市について詳しいんですのね？」

「……どうでもいいだろう。お前こそお勉強が足りていないんじゃないのか？」

「自慢ではないですけど、わたくしくらいの歳《とし》の女の子が、いちいち企業のことなんて知っているわけがありまして!?」

カロンの性格にはだいぶ慣れたはずだが、いつもこう言い返さずにはいられない。カロンはどこ吹く風で、それ以上コメントせずにさっさと行ってしまった。

商業区は昼間こそ交通量も多く活気に溢《あふ》れているが、あくまでオフィス街だ。ここに住まいを持つ市民は少なく、深夜ともなるとゴーストタウンのように静まりかえっている。

カロンが正面玄関に向かおうとしていたので、ノエルはすかさず引き留めた。今カロンの腕を引っ張ることができただけでも、右目を代償にした価値がある。

「正面から入るのは無理そうですわ。警備員はいないようですけれど」

「なぜ無理だと?」

「ほら。有名セキュリティ会社のシールが貼られていますわ。それに、あそこでチカチカ光っているランプはたぶんセンサーですわよ」

カロンは一瞬きょとんとした。この悪魔のこんな表情を見るのは初めてだ。

「……わかった、少し周りを調べてみよう。この大きさで入口がひとつしかないとは考えにくい。裏口か何かがあるはずだ」

それにしても、大きなビルだった。ぐるっと一周回るだけでもけっこうな時間がかかったくらいだ。一階にはコーヒーショップが入っていたが、営業は終了している。他の出入り口もすべてシャッターが閉まっていた。

行けそうなところは、地下駐車場くらいだ。

他に道もない、ということで、ふたりは地下駐車場へのスロープを下りた。

総コンクリート造りの駐車場はひんやりしていた。海から入ってきた風が停滞しているらしく、少し生臭《なまぐさ》い。

まるで警察車両のようないかついトラックが何台か駐車されているが、他に車はなく、がらんとしていた。どんなに足音を忍ばせようとしても、大きく響く。

スロープ付近に、鉄製の扉があった。カロンがノブに手をかける。

……鍵が、かかっていなかった。

「ここから中に侵入できそうですわね。誰もいないみたいですし、チャンスですわ！」

「……ずいぶん無用心だな、たまたまか？」

「ええ、ラッキーだったんですのよ。目立たない入口ですし、きっと戸締りを忘れたんですわ」

カロンは数秒逡巡《しゅんじゅん》していた。

警戒した様子であたりを見回す。

「……まあ、人間のやることだ。そういうこともあるか……」

それから扉を開けたが、警報が鳴るということもなかった。

「今晩中に市長の汚職の証拠を見つけだして朝一でラプラスを出れば、明日にはもう……！」

「気持ちはわからんでもないが、そう焦《あせ》るな。まだこのアクエリアスがクロかどうかも決まってないんだ。くれぐれも慎重にな……」

こういったオフィスビルの中がどうなっているのか、ノエルはまったく知らない。重い鉄の扉の先は真っ暗で、物音ひとつしなかった。

「……く、暗いですわね……」

「前もそんなことを言っていたな。お前は暗闇が怖いのか？」

「そ、そんなわけ、あっ、ありませんわ！」

「大声を出すな。ゆっくりでいいから転ぶなよ」

どこにバロウズの悪事につながる証拠があるのか、ノエルには見当もつかない。しかしカロンの足取りはどことなく自信ありげだ。ノエルは彼についていくしかなかった。

カロンは、この際派手にやってしまえばいいと言った。

もしセキュリティシステムが動いても、押し通るつもりなのだろうか――。

いくつかのドアを開け、そう広くはない部屋の中に入った、そのときだった。

ノエルとカロンの背後のドアに、勢いよくシャッターが下りた。

「!?」

そして、声と足音がした。やけに規則的で硬質的な足音だ。

「おいでになるかもしれないとは予想していましたが、まさかここまで無策《むさく》で、単純だとは」

この声は。

今の状況よりも、その声に、ノエルの身体《からだ》が一瞬で強張《こわば》る。

「ノエル様、カロン様。ようこそ、海運会社アクエリアスへ」

「やはり貴様らが関わっていたか。シビラ・ベッカー……！」

カロンが怒りを抑えた声で、現れた女に言う。

シビラ・ベッカー。バロウズ市長秘書がここにいるのなら、アクエリアスは――クロだ。あてもなく証拠を探す手間ははぶけたが、しかし。

「ノエル様が復讐を決めたとするならば、次はどう動くか。予想は簡単でした。ステラステージの社長の殺害というキーワードから、アクエリアスに考えが及ぶのは想像に難《かた》くありません」

この状況はまずい。

「そして、深夜に鍵のかかっていない裏口あたりから侵入して、物色を始めるであろうことも」

相変わらずシビラの慇懃無礼《いんぎんぶれい》な物言いと声色にも、表情にも、およそ感情がこもっていない――はずなのだが、ノエルには、彼女がはっきり自分たちを嘲笑《あざわら》っているのがわかった。

「――シビラ・ベッカー!!」

ほとんど無意識のうちに、ノエルは隻眼《せきがん》を吊《つ》り上げて大声を上げていた。おまけに、まだあまり慣れていない義足で、猛然《もうぜん》と走り出そうとしていた。

「馬鹿、うかつに突っ込むな!」

ノエルの息が一瞬止まる。カロンに後ろ襟《えり》を摑《つか》まれて、強引に引っ張られたのだ。とっさのことだったせいか、かなりの力だった。

「しかし本当に、開けておいた裏口からのこのこ入ってくるとは。仮にもフーゴ・ドレッセルを倒した身……もう少し駆け引きがあるかと思ったのですが」

「駆け引きなんてありませんわ、あなたはわたくしが今すぐここで……!」

「落ち着けと言っている! 私より前に出るな!」

カロンが今度ははっきりとノエルを叱《しか》りつけてきた。かばうようにして自分の前に出たカロンの姿が、ノエルにはよく見えない。

今ノエルの隻眼に映るのは、シビラの無表情と、すらりとした体格だけ。シビラの姿を見て、その嫌味な言葉を聞いていると、理性が弾《はじ》け飛びそうだった。

ふうふう息を荒らげて睨《にら》みつけていると、シビラの口元がほんのかすかに上がった。

「おやおや、よほど恨まれてしまったようですね」

「……お前にしてはよく喋《しゃべ》るな。仕掛けた罠《わな》が成功して嬉《うれ》しいのか？　だがこの状況……お前ひとりで私をどうにかできるつもりか？」

悪魔の脅《おど》しにも、シビラは動じない。それどころか、冷たく蔑《さげす》んだ目でカロンを見た。

「――ふん。そこに立っていてなお、まだお気づきになられないのですね。拍子抜けではありますが、しかし……これであなたがたを処分できるのならそれに越したことはありません」

シビラが、手にしていたタブレットをちらりと見た。

「ノエル様にこう言うのは、これが二度目になりますね」

「……二度目？」

「『ごきげんよう、ノエル様』」

ノエルの視界が、一瞬、ぱちッとまたたいた。

目の前で静電気が起きたような、そんな感じだった。

床が消えた、そうとしか言いようがない。ノエルはカロンとともに、真っ逆さまに――落ちていった。


「……悪魔カロン。海の底で、自分がしたことを悔やみなさい」

大きく開いた床の穴を見下ろし、シビラ・ベッカーはひとり、憎々しげにつぶやいた。

不思議の国のアリスの気分を味わえたひととき。

気がつくとノエルは半分溺《おぼ》れていた。何が何だかわからない。ガボガボと水――ひどく塩辛いので、海水のようだ――を飲んだり吐《は》いたりしながら、ノエルは片腕と義足でもがいた。

「ほれ、つかまれ」

若干面倒くさげなカロンの声がかろうじて聞こえ、ノエルは必死で手を伸ばす。毛とも羽毛ともつかないもので覆われた大きな手が、ノエルを力強く引き上げた。

「早速腕が役に立ったな」

「……こ、ここは……。わたくしは……ええと、たしか……」

「私としたことが、うかつだった。落とし穴などという古典的な罠にかかってしまうとは」

しかし、下が水だったことはせめてもの救いだった。浸水していない部分は固いコンクリートの床だ。

口を拭《ぬぐ》い、息を整えているうちに、ノエルのシビラに対する怒りが再燃してくる。

「……そうでしたわ……。わたくしたちは、シビラの罠にはまって……。……ああ、そう、またしても、あの女に……ッ!」

「そういうことだ。妙だとは思っていたが、ここまで大掛かりな仕掛けがあったとはな」

「ここが、あのビルの地下深くということですの?」

「信じがたいが、そのようだ。古くなった地下駐車場か、もしくは造船施設か……そういうものを改造したのだろうとは思うが……」

カロンはゆっくりと顔をめぐらせる。彼がわずかながらも感心しているのがわかった。

こうして会話をしているあいだにも、この広い空間には、どこからか海水が大量に流れ込んでいる。その滝のような音がうるさくて、カロンの低い声が聞き取りにくくなることもあった。

「昼間は普通に機能している会社の地下に、こんな悪趣味な空間を隠しているとはな。アクエリアスにたかるバロウズの敵を叩《たた》き込む、〈海底迷宮〉とでもいったところか」

「迷宮……」

「そこを見てみろ」

カロンが床の片隅を指さした。

ひっ、とノエルの息が勝手に止まる。

骨があった。白骨死体だ。恐らく男。服はぼろぼろだ。相当前に死んだらしい。

「海水が流れ込んできているところを見ると、ここは海と繋がっているようだ。海から流れ着いた可能性もあるが……まあ十中八九、私たちと同じようにアクエリアスを洗おうとした人間だろう」

「……で……でも、これではっきりしましたわね。海運会社アクエリアスは市長と繋がっていて……シビラはわたくしたちの侵入を恐れている」

「お前最近、図太《ずぶと》くなってきたな」

「レディに対してそれは誉《ほ》め言葉になってませんわよ！　そんなことより、ここを早く出なければ。出口を探しましょう」

ノエルはきっぱり言うと、さっさと立ち上がった。

シビラへの『借り』は大きい。このままで済ますわけにはいかない。

ここでシビラと再会できたのは、逆にチャンスだ。ノエルはそんなふうに考え始めていた。

「シビラ・ベッカー……。今日までにわたくしが味わってきた苦しみを、そっくりそのまま返してやらなくては」

悪魔が隣で、愉快《ゆかい》そうに含み笑いをする。

「……フッ、いよいよ復讐らしくなってきたじゃないか」

それからふたりで手分けしてあたりを調べた。海から流されてきたのか上から落ちてきたのかわからないゴミやスクラップが、そこら中に散らばっている。使えそうなものはない。

カロンはそのうち壁や床を調べるのをやめ、腕組みをしてはるか上を睨み始めた。

ノエルはその視線を追う。彼が注目しているのは、海水の流入口のようだ。かなりの高さから相当な量の海水が流れ落ちてきている。……が、このフロアの水かさが増していく気配はない。水の底のどこかに、排水溝があるのだろう。

このフロアからは出られそうにない、とカロンは結論づけた。

フロアの奥は暗闇に繋がっている。ノエルはカロンよりも先に、奥に向かって進み始めた。

ノエルの苛立《いらだ》ちはつのるばかりだった。シビラの無機質な「ごきげんよう」が、何度もリフレインしている。シビラは今度こそ自分を始末できたと思っているのだろうか。結果をバロウズに報告し、悠々《ゆうゆう》とエスプレッソでも飲んでいるのか。

辿《たど》り着いた先は、落下地点と似たような広い空間だった。天井までは普通のビル三階くらいの高さがあるだろう。先ほどのフロアとはちがい、海水の流入はない。そして、壁には金属製の太いパイプが何本も取り付けられている。

パイプは足場にはなりそうだが、片腕では——いや、たとえ両腕があっても、クライミング技術のないノエルには、壁をよじ登ることなど不可能だ。

カロンがおもむろに天井近くを指さした。

「見えるか？　あのあたりにドアと通路がある」

「え!?　そんな高いところに、どうして……」

見たところ、フロアをぐるりと囲むように通路があり、ドアがひとつだけあるようだ。

「恐らくここはプールの底にあたるのだろう。注入口らしきものもある」

「ということは、何かをどうにかすれば、海水が？」

ノエルは慌《あわ》てて周囲を見回した。目につくのはやはり太いパイプ。

パイプの流れを目で追っていくと、やがて――。

「カロン、バルブがありますわ！」

ノエルはカロンの返事を待たず、いそいそとバルブに近づいた。バルブのそばには『管理用』と書かれたプレートが取り付けられている。回せば海水が入ってくるという確証など何もなかったが、ノエルはバルブに手をかけた。

腕があるというのはほんとうに便利だ。これで自分は役立たずから脱却できる。……と思っていたのだが、バルブはびくともしなかった。

「え？　えっ？」

「そんな細腕一本じゃ無理だということだな。代われ、私が回す」

「い、いいですわよ！　これくらいで手を借りるわけにはいきませんわ！」

「ガキかお前は。くだらんことで時間を使う気はない。腕一本生えたくらいで強くなった気でいるんじゃないだろうな？　これまでどおり、よけいな無理はするな」

非常に不本意だったので、ノエルはぶつぶつ言いながらカロンと交代した。カロンの腕力なら、あっさりバルブが回り始めたのもなんだか気に入らない。

あまり使われていないのか、錆《さ》びついた機械が無理やり動かされているような、甲高《かんだか》く耳障《みみざわ》りな音が響く。

頭上で大きな音がしたのを感じ、ノエルは顔を上げた。

このフロアの注入口は大きく、しかも十カ所くらいあった。それらがすべていっせいに開いたようだ。ものすごい勢いで海水がプールに注入され始めた。

「ち、ちょちょちょちょっと！」

「落ち着け」

「落ち着いていられますか！　想像をはるかに超える勢いで水が溜《た》まってきてますわ！　おぼれてしまいますわよバカー！」

「馬鹿はどっちだ……。注入口の真下を避けて、板切れにでも掴まっていれば、沈むことはない」

「あっ。……い、いえ、わたくしはそれでいいですけれど、あなたはいいんですの？」

「？　いったいなんの心配をしている？」

「ほら、鳥的にはあんまり濡《ぬ》れるのはＮＧなんじゃ……」

「鳥ではない！　悪魔だ‼　べつに濡れて困ることもないし泳げもする！」

「泳げるんですの⁉　水鳥じゃなくて鴉《からす》でしょう⁉」

「だから私は鳥ではないッ!!」

いざ水位が上がるのを待っているとなると、意外と時間がかかるものだった。ゴミの山から発泡スチロールの箱を見つけ、ぷかぷか海水のうえに浮かびながら、ノエルはじりじりした。カロンと世間話をする気にはなれない。さっきの鳥云々《うんぬん》のやり取りで彼がすっかり機嫌を損ねてしまったこともある。彼はたしかにちゃんと浮いていたし、つらそうでも寒そうでもなかった。

何もせず黙って浮いているだけなので、時間の流れを遅く感じる。いったい何時間経《た》ったのか。それとも、一時間も経っていないのか。やっとふたりは頭上に見えた通路――プールのへりの高さにまで浮上することができた。

カロンに引っ張り上げてもらい、通路に上がる。

なんのための設備かは知らないが、かなり大掛かりだ。そして、浮いているゴミの量もかなりのものだった。もしかすると、会社が出した廃棄物なのかもしれない。

「カロン。こんな悠長なことをしなくても、このドアのノブにでもあなたの鎖を引っかけて、わたくしを引っ張り上げたほうが早かったのではなくて?」

「なんだ、これまであんなに鎖を嫌がっていたのに。痣《あざ》ができるだのなんだのと」

「もうそんなことを言っている場合じゃありませんのよ。一番効率のいい手段で、すぐに、早く、ここを出ないと」

「…………」

「一刻も早く……あの女を痛い目に遭わせないと……」

カロンがしばらく黙ってノエルの横顔を見つめてきているのがわかった。何か思うところがありそうな息をついたことも。

「……この貧弱な取っ手に鎖を引っ掛けても、衝撃で壊れるか私の体重に耐えられずに壊れるかだ。少し考えればわかることだろう。……どうもお前は、シビラと接触してから異常に気が急《せ》いているようだな」

ノエルにはそんな自覚はなかったが、なぜか痛いところを突かれたような気がした。思わず振り返って、カロンを睨む。

カロンは相変わらず、冷静そのものだ。そしてどういう理由によるものか、その黒い手も顔ももう濡れていない。

「そうやって復讐に強くこだわるのはいいことだが、いくらなんでも感情が先走りしすぎだ。つくづく感情を制御できない娘だな」

「あなたに……あなたにわたくしの気持ちは、わかりませんわ」

ノエルはカロンから目を背《そむ》け、そう吐き捨てた。

また何か腹の立つことを言い返してくるかと思っていたのに、彼は何も言わない。ノエルは冷え切った手でドアのノブを回した。手が震えているような気がする。寒さのためか、暴れ出しそうな感情のためか、わからなかった。

その先は薄暗く、生臭い潮の匂《にお》いが染みついていた。これまでよりも狭いフロアだが、ここにも海水の注入口があった。ゴミやスクラップの山は、進むごとに増えていっている。

カロンは壊れた機械類にはまるで興味を示さずに先に進もうとしていたが、ノエルは何か使えそうなものはないかと時折観察した。

ほとんどが錆びついていたり潰《つぶ》れていたりで明らかに壊れていたが、ひとつだけ、ノエルの興味を引くものがあった。

「ん？　なんだそれは？」

「端末ですわ。わりと新しいモデルですし、高いメーカーのものですの」

「ふむ……、機械はよくわからん。そんなに価値のあるものなのか？」

「じ、じつはちょっと欲しいと思ってたモデルですから、思わず拾ってしまいましたわ。せいぜい誰かの個人情報が入ってるくらいですわね。今はこんなものに気を取られている場合じゃ——」

いや、待て。

ノエルは端末を捨てようとして踏みとどまった。これは、アヽクヽエヽリヽアヽスヽの地ヽ下ヽに落ちていた高価な端末だ。

「ひょっとしたら、これにアクエリアスに関する情報が入っているかも……？」

「捨てられていたものに貴重な情報が入っているとは思えないがな。だいたい、電源は入るのか？」

カロンの言葉を受けて、ノエルは電源ボタンを長押ししてみた。——反応はまったくない。見た目からは、バッテリーが切れて久しいのか、それとも海水で基板そのものが壊れているかの判断はつかない。

「だめですわね。でもこれ、せっかくですし一応持っていきましょう。かさばるものでもありませんから」

「好きにしろ。どうせお前にしか使えん」

「あら、最近の端末はお年寄りでも簡単に使えるようにできてますのよ?」

「私を人間の年寄りといっしょにするな」

「でも悪魔なんですから、何百年も生きているんでしょう?」

「たしかに長いこと生きているが、耄碌《もうろく》したつもりはないぞ」

カロンは若干肩を怒らせて歩き出した。機械音痴《おんち》というのは悪魔らしい欠点かもしれない。

それによくよく考えると、彼の鉤爪《かぎづめ》のある手でタッチパネルは操作できるのだろうか。

薄暗いフロアを通過すると、上り階段があった。ずいぶん長い階段だったが、今はとにかく上に行くのが目的だ。義足で上るのも苦には感じなかった。

その先はまたこれまでと似たような雰囲気の広い空間だった。相変わらず、大きな海水の注入口がある。一見代わり映えのしないフロアに思えたが、正面には頑丈そうな鉄の扉があった。

「だいぶ上ってきたはずだし、あれが出口かもしれん」

「よ、ようやくですのね! どこに通じてるのかしら?」

ノエルが扉に急いで近づこうとすると、カロンが突然腕を掴んだ。

カロンが無言で顎《あご》をしゃくる。扉の上に……スピーカーと、カメラがあった。小さな音を立てて、カメラの角度が変わったのがわかった。

『なるほど。管理用の手動バルブを回して、ちまちまとここまで上がってきたわけですか』

天井近くのスピーカーから、無感情な……まるでコンピュータの読み上げシステムのように無機質な女の声が聞こえてきた。

シビラ・ベッカーだ。ノエルたちを監視していたらしい。

「…………！」

また姿を現したのならば、今度こそ。この片腕で、八つ裂きにしてやったのに。

ノエルの思考を、怒りと憎悪が、残虐《ざんぎゃく》な報復へと駆り立てようとしていた。

『海底迷宮の水位が急激に上昇しているので、何事かと思ってモニターしてみれば……。さすがはノエル様、カロン様。往生際の悪さは光るものがありますね』

「あいにくと、悪魔というのはそういうものでな」

『両手足を失って、海に突き落とされても……市長官邸に侵入しても、魔人と戦っても……そして海の底の牢獄《ろうごく》に閉じ込めても、這《は》い上がってくる……。ノエル様、そのゴキブリのような生命力にだけは、私も感嘆《かんたん》しております』

沈黙。

それが意外そうなふしで、カロンがノエルを見下ろした。

「ノーコメントか？　ノエ――」

「……シビラ・ベッカー。思えば、事の始まりはあなたの嘘でしたわね」

ノエルの目は、カメラをまっすぐに見据《みす》えていた。

頭の中は……血ばかりだ。廃ビルの屋上で自分が流した血の思い出。自分をひたひたにするほどの血。飛び散った自分の手足。あの痛みと生ぬるさは、なるべく思い出さないようにしていた。

しかし、シビラの慇懃無礼な口調を聞いていると――思い出す。

あの痛みと血のプールの中に、この女を叩き込んでやりたい。

作り話に踊らされた自分は、さぞかし見ていて滑稽《こっけい》だったろう。この女が無表情の裏でそれを笑っていたかと思うと、もう……頭がどうにかなりそうだった。

それなのに、ノエルの口から流れ出るのは、やけに静かな言葉だった。

「廃ビルでのやり取りも懐《なつか》しいものになりましたわ。――わたくしは、市長に復讐すると決めましたの。そのために、カロンと第二の、第三の契約だってしましたわ」

『ここまで面倒なことになるとは思っていませんでしたよ』

「でもじつは、その前にやるべきことがあったんですの。これまで後回しにしていたのが不思議なくらい。それこそが、魔人となったわたくしにとっての始まりだというのに」

ノエルの唇がひとりでに歪《ゆが》む。笑みのかたちに。


「――そう、あなたにも復讐しないといけませんの」


シビラが絶句したのがわかった。

『…………、よい表情をされるようになりましたね。カロン様にそそのかされましたか？』

シビラがほんの束《つか》の間《ま》でも言葉を失い、おそらくは「恐怖した」様子をこちらに見せたのは初めてだ。しかし彼女は、すぐにいつもの冷徹さを取り戻した。

扉のあたりで、がこん、と重い音がした。

『お気の毒ですが、あなたがたはここから生きては出られない。私と市長への復讐などかなないませんん。ただ今、そこの管理者用出入口をロックいたしました。強力な水圧にも耐える設計です。重機を用いるか、悪魔の契約でもしないかぎり、開けるのは不可能です』

そして、いかにも警告といった雰囲気のブザーが鳴った。

四つの海水注入口がゆっくりと開く。たちまち、滝のような勢いで海水が注がれ始めた。

『今からまもなく、わずかな隙間すら残さずに、迷宮内は海水で満たされるでしょう。どうせ悪魔の力を借りなければ何もできない身。ならばその悪魔とともに、海の藻屑《もくず》となってくださ い。……今度こそ、ね』

カメラは動かなくなり、スピーカーから冷めた女の声が降ってくることもなくなった。

今頃、シビラは勝利を確信しているだろう。

「開くかどうか、試してみるか？」

カロンはいつもどおり落ち着き払っていた。台詞《せりふ》から察するに、あきらめてはいないようだ。

しかしノエルは――なんだか、全身から力という力が抜けていくのを感じた。髪の毛一本からさえ、自分の気力というものが、すうっと流れ落ちていくようだった。

「ムダだと思いますわ。……ごめんなさい、カロン……」

「何を謝る？」

「わたくしと契約したばかりに、こんなことに……」

「さっきまでの気迫はどうした。ここから逃げ出さなければ、復讐もそれまでだぞ」

カロンと同じことを、ノエルも考えている。シビラの声が聞こえ、彼女の存在を認識しているときは、あんなにも恐ろしい復讐心が燃え盛っていたのに。

片腕を取り戻し、一瞬とはいえ言葉でシビラを震え上がらせることができたかもしれないのに、このざまだ。ここで終わってしまうのか。

注入開始からまだ三分も経っていないのに、海水はすでにノエルのくるぶしのあたりまで溜まってきていた。

「思えばわたくし、感情的にあなたを急かすわりに、迷宮ではなんの役にも立ちませんでしたわね。あなたの言うとおり、腕一本生えたところで、結局わたくしは……。……う……」

海水が目に入ったのか、それとも自然と涙が出てきてしまったのか。左腕の代償にした右目の跡地が疼《うず》いた。その痛みで、ノエルは思いつく。

「そうですわ。わたくしがあなたと契約して、ここから脱出できるよう願えば！」

「却下だ、すでにお前は私と三度契約している。これ以上そのスカスカの魂で代償を払えると思うな」

「だったらどうすればいいんですの!?　わたくしが蒔《ま》いた種なら、わたくしがどうにかするしか……！　わたくしにだって、プライドはありますわ！　わたくしの復讐に付き合わせておいて、『だめだったから一緒に死んで』とは言えません！」

「……なるほどな。見えたぞ、お前が生き急いでいる理由が。ノエル――」

カロンが不意に、低い声でそんなことをつぶやいた。

「どうやらお前は復讐心を燃え上がらせるあまり、ひとつ大事なことを忘れているらしい」

「……え？」

「——その復讐はお前だけのものではない」

ノエルはぎくりとして、カロンを呆然《ぼうぜん》と見上げた。

カロンの、いつも以上に寂《さ》びた声は、海水が流れ込む音さえも飛び越えてきた。

「シビラやバロウズに恨みがあるのは私も同じだ。だからこそボマーを倒したあのとき、正式な『第二の契約』を交わした」

『いいだろう、ノエル・チェルクェッティ。この大悪魔カロン、お前の〈覚悟〉を聞き届けたぞ』

あのとき光った、彼の赤い眼。聞こえてきた低い鐘の音。

あの瞬間は、ノエルひとりだけのためのものではなかった。

「私たちは同じ敵を持つ者同士、対等な関係となったのだ。私はお前の復讐に『付き合わされている』などと思ったことはない」

「か、カロン……」

「迷宮ではなんの役にも立たなかった？　うぬぼれるな。非力なお前がクソの役にも立たないのは当たり前だ。腕一本生えて、ひとりで強くなった気でいたか？」

「う……」

「私は私にできることをする。お前はお前にできることをすればいい。ひとりではなく、ふたりで行動していることを忘れるな。それが私たちの悪魔の契約だ」

迷宮に落とされてから、カロンが悠長《ゆうちょう》に歩んでいるように見えて、ノエルは彼に苛立ったりしていた。それがようやく、恥ずかしくなった。彼は悠長だったのではなく、冷静に状況を分析していただけだ。こういった逆境では、平静でいることが最も大切だろう。

カロンは四つの海水注入口を眺める。

「出入口は塞《ふさ》がれたが、私たちはだいぶ上に上がってきた。海面はそう遠くないはずだ。息を止めていられるとしたら、何秒だ？」

「ええと……ろ、六十秒くらいかしら」

「充分だ。六十秒でお前を流入口から海面まで連れて行ってやる。このフロアが海水で満ちれば、流入口は外と繫がるただの穴になる」

「こ、ここから泳いで出るというわけですのね？」

文句を言っても始まらないし、すでに生命の危機に瀕《ひん》している。いくら危険な選択でも、それしか方法がないのなら、試すしかない。

「どれかひとつくらいは、すぐに海に出られる短い水路もあるはずだ。……問題は、水路の長さがここからではわからないことか……」

カロンが腕を組み、四つの注入口を順に観察していく。見た目からはまったく違いなどわからないが、その沈黙が、ノエルに答えをもたらした。

「……正面、右ひとつ目」

カロンがぎょっとしたように振り向く。

「なに？」

「一番短い水路ですわ。音の反響や高さから考えて、一番外に近いのは正面右ひとつ目。……わたくし、ピアノをやっていた身ですから。耳には自信がありますの」

「ほう！　ちゃんと役に立ったじゃないか」

カロンがそんなに嬉しそうな声を上げたのは初めてのような気がする。ノエルは笑い返しながらも、つい嫌味を言ってしまった。

「途中で溺れたら、承知しませんわよ！」

「お前こそ、無駄に暴れて窒息《ちっそく》を早めるなよ」

海水は溜まっていく。さっきはプールに海水が溜まるまで非常にイライラしていたが、今のノエルは静かに、落ち着いて、そのときを待っていた。

海水はやがてノエルとカロンの背丈を超え、それからまもなく、水が落ちる音が消えた。

「よし、行くぞ……！　六十秒の辛抱《しんぼう》だ！」

カロンがノエルの腰に手を回す。

思い切り息を吸い込み、目を閉じ——海水の中へ。あとはもう、ノエルはカロンに任せるしかなかった。何度か鎖が何かにぶつかる音が聞こえた。

ノエルは、バロウズが言ったとおり、自分の人生を変えた一夜のことを思い出した。

あの夜は、両手足をなくし、シビラにゴミのように海に投棄されて、ひとりぼっちで沈んでいった。

たとえこのまま二度と浮かび上がれなくても……今は、ひとりでは、ない。

NOEL the mortal fate

Movement1 - vow revenge

Passage 7

界雷

シビラが、あのシビラが。声を上げて笑っている。

どんな映画の悪役よりも醜《みに》くく歪《ゆが》んだ笑顔で、ざまあみろと嗤《わら》っている。

そんな最悪な夢をみた。

でも、夢をみて、夢にさえ腹を立てながら目を覚ますことができたのだ。ノエルは、自分が生きのびたことを実感できた。

今やすっかり見慣れた、毛玉だらけの古い毛布。粗末《そまつ》なベッド。埃《ほこり》っぽくてカビ臭《くさ》い空気。

そして、低く寂《さ》びた声。

「起きたか」

「……また、戻ってこられたんですのね」

スラムの隠れ家だ。ベッドの傍《かたわ》らにはカロンが立っていた。

「ああ。お前が結局意識を失ったから、いったん退《ひ》いた。あれから半日ほど経《た》っている」

「……そうですの……。……ご迷惑をおかけしましたわ。そして……その……、まあ……、助かりましたわ」

「かまわん。これも契約のうちだ。最後はお前も一応役に立ったしな」

ノエルは身体《からだ》を起こす。自分が泳いだわけでもないのに、どうも身体がだるい。疲れが溜《た》まっているようだ。しかし、体力が回復するまでのんびりしているわけにもいかない。

「行きましょう、カロン。まだシビラを倒したわけではありませんわ」

「なんだ。もう大丈夫なのか？」

「きっとわたくしたちが海底迷宮から脱出したことはすぐにバレるはず。だったらまだ、脱出劇の余韻《よいん》にひたるときではありませんわ。アクエリアスが市長の悪事にかかわっていることは充分わかりました。今度は、もっと派手に……正面突破といきましょう」

「……ふん、いいだろう。ならば早いほうがいい、今夜にでも攻めるぞ」

「シビラはいるでしょうか」

「恐らくな」

今度こそは、直接対決になるのだろうか。今までと同じ流れで行けば、またカロンが戦うことになる。だが……。

「まだ日も落ちていない。もうしばらく休んでおけ。決行は夜だ」

「……わかりましたわ」

「ほう。意外と冷静じゃないか」

「わたくしも不思議な気持ちですの。静かに昂《たか》ぶっているというか……」

「そうか。感情が暴走してるわけではないなら、それでいい。ヤツとの決着は、お前のひとつの大きな節目になるだろう。だが、終着点ではないぞ」

「ええ」

「ヤツを倒しても、まだお前の平穏と夢は戻らない。そこは履《は》き違えるなよ」

「わかってますわ」

ノエルの中で、復讐心《ふくしゅうしん》がなりをひそめたわけではない。静かに燃え上がり続けている。

——この戦いは、私の手で決着させなければならない。誰に代わってもらうでもなく、私自身の手で！

何時間経っても、ノエルの心が怒りで荒れることはなかった。奇妙な、平常心にも似た静かな感情が持続している。夜が更《ふ》け、再び海運会社アクエリアスの本社ビルの前に立っても。

アクエリアス本社ビルの様相は、何も変わっていなかった。警備員の姿もない。内部のセキュリティは強化されているかもしれないが、あれからまだ一日しか経っていない。大規模な警備システムの変更はできていないはずだ。

「べつの裏口でも探すか？」

「いいえ、やめておきましょう。また海底迷宮に落とされたらたまりませんわ。正面からは侵入できないかしら？」

「侵入というより突撃に近いな。警報が鳴ってもいいならもちろんいける。まあ、警報など関係なく、中ではアツい歓迎を受けるだろうがな」

「ならば、正面突破しましょう。そのほうが手っ取り早いですわ」

「さすがに社員や一般人が大勢利用する一階に、落とし穴など設置しないだろうしな。――よし、決まりだ」

カロンがポケットから手を出し、片手を動かした。パキポキと骨が鳴る音がした。ボマー戦での傷はもうすっかり癒《い》えたようだ。

正面玄関の向こうの照明はすべて落ち、警備システムのランプだけが光っている。ガラスに映っているのは、夜の街と、悪魔と、魔人《まじん》だけ。中の様子をうかがうことはできない。

「行くぞ」

ノエルがうなずいた次の瞬間、カロンが右手をすばやく振った。

悪魔の鎖《くさり》が瞬時にして現れ、鞭《むち》打たれたガラスが砕《くだ》け散る。

警報がけたたましく鳴り響く。

ノエルとカロンは、中に駆け込んだ。

「!?」

駆け込むや否や、奥から唸《うな》りを上げて、球状の物体が突進してきた。大きさはバスケットボールよりも一回り大きいくらい。

それがなんであるかノエルが確認する前に、カロンが拳で殴《なぐ》り飛ばす。人間の反応速度をはるかに上回っていた。カロンはノエルを小脇に抱え、物陰に飛び込む。あっという間のできごとで、ノエルは息をする暇さえなかった。

「なんだあれは!」

カロンも知らないものらしい。そして彼は、正体を知らないままぶん殴ったようだ。照明は落ちたままだ。非常口の明かりを頼りに、ノエルはフロア内をざっと見回す。

球状の物体はいくつもある。プロペラ音を響かせながらうろうろしていた。

「あれはセキュリティ・ドローンですわ!」

「…………。……ど、どろーん?」

「え!?　まっ、まさかドローンを知らないんですの!?」

「き……機械はよくわからん……。特に最近のものはな……」

「ヘンなところで俗世間に疎《うと》いんですのね！　一言で言えば、機械の自動警備員ですわ。たしか最新のものはスタンガンやテーザー銃が装備されているんですの。バッチリ襲ってくるし、人間より強くて硬いですわよ」

カロンが脊髄《せきずい》反射で殴ったドローンも、火花を散らしふらふらしてはいるが、まだ動いていた。幸い、ドローンは突進してきただけだ。テーザー銃は装備していないらしい。

「なるほどな。たしかになかなか骨が折れそうだ」

「でも、向こうを見てくださいまし。火災報知器がありますわ。あれを操作すれば、たいていスプリンクラーも作動します」

「すぷりんくらーとは」

「あーもう！　火事になったときに天井から放水する機械ですわ。――さて、問題です。機械は水をかぶったら、どうなるでしょうか？」

「……ほう……。だが、防水対策くらいされてるのではないか？」

「そこはあなたが一撃食らわせて、傷をつけてやればいいだけの話ですわ！」

「なるほどな。考えるようになったじゃないか」

悪魔に褒《ほ》められて得意になっている場合ではない。目で合図を送り合い、すぐに決行した。

カロンがドローンの前に飛び出す。ノエルは、ところどころに置かれた観葉植物の裏を通り、赤い光を放つ火災報知器を目指す。できるかぎり急いだが、やはり走ることはできない。

鎖が機械を殴りつける音が何度も響いた。放水が始まる前に傷をつけても同じことだ。むしろそのほうが効率がいいかもしれない。

ノエルは一度だけ振り返って、カロンの様子を見た。

紅い光をまとう鎖は、どこまで伸びるというのか。フロアじゅうを舞台にして、紅《くれない》と黒の大蛇《だいじゃ》が舞っているようだった。ドローンはすべてカロンを狙っていた。そのアームからはバチバチと青白い光が生じている。スタンガンだろうか。

だが、その電撃はカロンにかすりもしていなかった。鎖は正確にドローンを叩《たた》きのめし、弾《はじ》き飛ばしている。そしてカロンも、まるで背中に目でもついているかのような身のこなしだった。背後にまわったドローンの突進を、顔色ひとつ変えずにひらりとかわし――ノエルに目配《めくば》せする余裕まであった。

ノエルはうなずき、歩みを進める。火災報知器の前に辿《たど》り着いた。

「カロン！　いきますわよ！」

今まで、ちょっと押してみたくても押せなかった非常ボタンを、ノエルは押した。

セキュリティシステムの警報に加えて、火災報知器の非常ベルも鳴り響く。自慢の耳がおかしくなりそうなくらいの騒音だ。おまけにこれらの音はちっとも美しくない。ノエルは肩をすくめていた。右腕がほしかった、耳を塞《ふさ》ぐために。

ほとんど間髪入れずに天井から水が噴き出す。

すでにカロンに傷つけられていたドローンが火花を取らし、煙を上げて床に落ちた。無傷のドローン二機がカロンめがけていっせいに突進したが、カロンは鎖を長く伸ばし、勢いよく一回転した。遠心力が加わった一撃は、まとめて二機を薙《な》ぎ払った。

ドローンが落ちる音を背にして、カロンがノエルのそばに駆け寄ってくる。相変わらず、彼は息ひとつ乱していなかった。

「これだけの騒ぎを起こせば、さすがにシビラにも感づかれたはずですわね！」

「だろうな、警察が駆けつける前に証拠を探して撤退《てったい》だ」

この巨大なビルのどこに、その証拠があるか。とりあえず、一階にはないだろう。

階段を上っていく。警報が遠ざかっていく。だが、足音が聞こえた。

「！」

踊り場で鉢合《はちあ》わせしたのは、他でもない。

珍しく向こうも驚いた顔をしていた。

「早速お出ましだな」

「シビラ・ベッカー！　今度こそ、決着をつけるときですわ！」

シビラは一瞬、忌々《いまいま》しげにノエルたちを睨《にら》んだ。

「ほんとうに、何をしても死なない、始末できない……。切り裂いても、焼いても、沈めても！　……いったいどうすれば、あなたがたは死ぬのです？」

「わたくしの復讐がすべて終われば、そのときは死ぬかもしれませんわね……！」

カロンが無言でノエルの前に出た。ノエルが今にも飛びかかりそうになったのを察したか。

悪魔は女相手にも容赦《ようしゃ》ない。すばやく右手を振り、鎖を飛ばした。

悪魔の鎖に打ちのめされ、縛《しば》り上げられる前に――シビラがさっと右手を前にかざした。


ばちッ!!

炸裂音《さくれつおん》。青白い光が、階段の踊り場を照らした。

カロンの鎖は、その光に弾かれた。まともに光を見たのか、カロンは目がくらんだらしい。

その隙に、シビラは階段を駆け上がっていった。

「――ちっ！　逃がすか！」

「まっ、待って、カロン！　い、今、シビラが電撃みたいなものを……!?」

そう、あれは、ただの光ではなく電撃だった。今もその力は空気中に残っているのか、ノエルは髪や産毛《うぶげ》が逆立っているような不快感をおぼえている。

しかしカロンはさも当然といった面持ちで振り返った。

「なんだ、今まで気づいてなかったのか？　ヤツもまた魔人だ」

「えっ」

「悪魔と契約して人外の力を手に入れた、バロウズの犬だよ」

「………、そうですの。それなら、またあなたの力を借りることになりますわね」

「かまわん、遠慮するな。さあ、早くヤツを追うぞ！」

ノエルがうなずいて一歩前に踏み出すと、ポケットの中で電子音がした。ついでに、ブルッという振動。

「……あれ、ち、ちょっと待ってくださいまし。迷宮で拾った端末が……」

起動している。

隠れ家でひととおりいじってみたが、脱出の際にも水浸しになったためか。端末はうんともすんとも言わなかった。それでもアクエリアスを攻略するまではと、一応ポケットに入れておいたのだ。

「どうして、今になって急に……」

「今のシビラの電撃が何か影響を及ぼしたのかもな。ちょうどいい、データを覗《のぞ》いてみたらどうだ。社内の地図でも入っているかもしれん」

しかし、バッテリー残量はわずか2%と表示されている。電源が落ちる前に、ノエルは片っ端からファイルを開くことにした。

ノエルの興味を引いたのは、ひとつのテキストファイルだった。

〇年 〇月〇日
ついにあこがれの市長秘書の座にのぼりつめた。
これまではただただ勉強し、灰色の日々をすごすだけだったが、それも今報われた。
バロウズ市長はとても優秀でやさしい人だ。この人となら、私はがんばれる。
ようやく誇りを持てる仕事にめぐりあえて、私はしあわせだ！

「これは、日記?」

次のファイルを開こうとしたところで、電源が落ちた。

「市長秘書って……。まさかこの端末、シビラ・ベッカーのものなのかしら?」

「それにしては性格が違いすぎる。シビラとはべつの秘書のものという可能性もあるぞ」

カロンはあまり端末や日記に興味がないようで、もう階段の先に意識を向けている。

「今大事なのは、そんな他人の日記より、シビラを追いかけることだ。証拠を消されてはかなわん」

「そ、そうでしたわね。急ぎましょう」

そうは言ったものの、日記は妙にノエルの心に引っかかっていた。今はカロンの言うとおりシビラを追うべきだし、自分も、シビラを──憎み続けるべきなのだ。今から復讐をするのだから。今夜は確実に、あの女を──。

カロンはもっと急ぎたいだろうに、ノエルはほとんど走れない。特に階段では。慌《あわ》てると転げ落ちそうだった。恥を忍んでカロンに頼み、荷物のように小脇に抱えてもらうべきかもしれない。

ノエルは先に行くカロンを見上げる。

そのとき、ノエルの耳が、羽音をとらえた。

「カロン。今何か聞こえませんでした？」

「あ？」

その様子を見ると、彼にはまだ聞こえていなかったようだ。しかしすぐに誰の耳にも明らかになった。

ドローンのプロペラ音だ。しかもたくさんの。

ドローンは上階から下りてこようとしている。かれらはわざわざ階段を駆け下りる必要もないから、かなりの速さだ。

カロンは、頼まれる前にすばやくノエルを小脇に抱えると、すぐ横のドアを開け、階段からフロアに入った。夢中で上っているうちにかなりの高さまで来ていたらしい。ドアには『20F』と書かれていた。

このフロアは照明がついていた。背後からドローンのプロペラ音が迫ってくる。鴉《からす》が飛ぶような速さで走っていたカロンが、いきなり足を止めた。

きな臭《くさ》い匂い。あるドアのカードリーダーが壊されていた。まるで電撃でも食らったかのように黒く焦《こ》げついている。

カロンがすぐ横の頑丈そうなドアに手をかけると、あっさり開いた。ドアには『セキュリティ制御室A』とある。いかにも社員証がなければ入れなそうな部屋だ。それも、ヒラ社員程度の社員証では無理だろう。

シビラはこの部屋に入る権限を持っていなかったに違いない。こんな強行突破をするとは、彼女も相当焦《あせ》っているようだ。

中は明かりがついたままだった。真新しい機械やロッカーが並び、壁には十以上のモニタが取り付けられている。

「セキュリティ制御室、か。この部屋で警報やドローンを管理しているのではないか？」

「だったらこの部屋はどうにかしていきたいですわね……」

廊下をドローンが通り過ぎていく気配がした。幸い、この部屋に逃げ込むところを見られなかったようだ。息を潜めて様子をうかがっていたところに、ノエルのポケットの端末がまた突然起動した。ノエルはあやうく悲鳴を上げるところだった。心臓に悪い。

「やはり、ただの偶然とは思えないな。シビラはこの部屋に入ったはずだ。そいつはヤツの電気に反応しているのだろう」

「とりあえずさっきの日記の続きを読みますわ」

「……おい……。それよりもっと役に立ちそうなデータを探したらどうなんだ」

カロンの苦言を無視し、ノエルは誰かの日記ファイルを開いた。

〇年〇月〇日
まさかこんなことになるなんて……。
私は市長という人のことを何もわかっていなかった。
そのきれいなうわべしか知らなかったのだ。
市長はラプラスの表社会だけじゃない……裏社会にも通じていた。
文字通りラプラスのすべてを支配していたのだ。
しかし、市長はそれを秘書である私に打ち明けてくれた。
私は市長に信頼されているということだ。
……いったい、私はどうすればいいんだろう……。
私が、市長の秘書としてするべきことは……。
私が、あの人の助けになるためにできることは……。

「やっぱり、シビラ・ベッカー……ですの?」

ノエルのつぶやきは、近づくプロペラ音と、カロンがすばやく動く音でかき消された。

カロンが扉を押さえつけなければ、今頃ドローンが室内に入ってきただろう。感づかれてしまったらしい。体当たりでもしているのか、ドアが大きな音を立てて揺れている。

「ええい、しつこいヤツらだ！」

悪態《あくたい》をつき、カロンが振り返る。

「ノエル、お前がこの部屋の機械をどうにかしろ！　私はここで扉を押さえる！」

「わ、わかりましたわ！」

とは言うものの、どの機械がなんのセキュリティシステムに対応しているかはさっぱりわからない。とりあえず、すべて電源が入っていることは確かだ。ド素人の部外者ができることと言えば、片っ端から電源を落としていくことくらい。子供じみているとはわかっているが、ほんとうにそれしか方法が思いつかない。

金属の塊《かたまり》が金属のドアにぶつかる音は、鳴り止《や》むことがなかった。カロンは必死の形相《ぎょうそう》で扉を押さえている。扉が歪み始めているのがわかり、ノエルは全身がすくむような思いをした。

最後に飛びついた機械は、そう簡単に電源を落とすことすらできない仕組みのものだった。

「あ……、この機械は、専用のキーがないと操作を受け付けないみたいですわ！」

「それを探している時間はない！　もう扉が破られそうだ！」

「ええっ!?　ど、どうすれば……！」

「ッ！　まずい！」

轟音《ごうおん》がし、ノエルは思わず振り返った。

「きゃあッ！」

勝手に悲鳴が飛び出した。扉の上部が外れ、ドローンが一機、強引に室内に入り込んできたのだ。ドローンは真っ先にカロンを狙い、スタンガンを放電させながら突進した。


バヂンッッ！


「カロン‼」

ノエルはまた悲鳴を上げる。

スタンガンはまともにカロンに当たり、彼の後頭部の冠羽《かんう》が逆立ったように見えた。

だが……それだけだ。

「……ふん！」

鼻で笑ったのか、それとも気合いを入れたのか。カロンは低い声を漏《も》らしただけで、即座に反撃した。拳で思いきりドローンを殴りつけたのだ。スタンガンなど、悪魔には大したダメージを与えられないらしい。

ドローンは吹っ飛んで壁に激突した。

「おい、何をぼさっとしている！　早くしろ！」

「あっ、そ、そうでしたわ！　一瞬でも本気で心配したわたくしがバカでした……！」

「なんだと⁉」

あたふたと周囲を見回したノエルの目に飛び込んできたのは——デスクの上のノートパソコ

ンだった。

「こ、こうなりゃヤケクソですわッ!!」

ノエルはノートパソコンを摑《つか》み、よくわからない機械のコンソールに叩きつけた。左腕に走った衝撃はかなりのものだったが、それどころではない。無我夢中で殴り続けた。火事場の馬鹿力でも出たのか、ノートパソコンは壊れ、機械のコンソールも壊れて、煙と火花が上がった。

その瞬間、扉を叩く音も、室内に入り込んだプロペラ音も止まり、ビルじゅうに鳴り響く警報も止んだ。

「……と、止まった……?」

「……みたいだな」

カロンが軽く右手を振った。素手で殴るには、ドローンはさすがに硬すぎたようだ。

「よ、よっしゃー！　ですわ！　精密機械なんか全部殴れば壊れてなんとかなるんですわ！」

「せっかく戻った腕の使い方がそんなのでいいのか……」

一時的かもしれないが、ひとまず、外は静かになった。カロンが慎重にドアを開けてみると、ドローンがいくつも床に転がっていた。

「見てくださいまし！　シビラですわ！」

ノエルはモニタのひとつを指さす。そこには、どこかのフロアを走っているシビラの姿が映り込んでいた。ふたりが初めて見る、慌てふためいたような彼女の行動。モニタの片隅には、『25F　社長室前』と表示されていた。

それを見るなりカロンは外に出ようとしたが、ノエルは、まだこの部屋でやりたいことがあった。デスクの引き出しを開け、ロッカーも開ける。

「……何をしている？　もうこの部屋に用はないはずだ」

「いいえ、そんなことはありませんわ。ここはけっこう重要な部屋のはず。何か使えそうなものがないか、チェックしていかないと」

「使えそうなもの？　ドローンやセキュリティは無効化させたし、いざとなれば腕力でなんとかなることはわかっただろう」

「あなた、契約うんぬんに対しては細かいのに、こういう場面ではけっこう脳筋《のうきん》ですのね。時間はかけないから少しおとなしくしててくださいまし」

「………………」

ぴしゃりとノエルが言い放つと、耳に痛い言葉だったのか、カロンは半眼になって押し黙った。

宣言通り、ノエルはさほど時間をかけなかった。ロッカーや引き出しをざっとあさるだけで充分だったのだ。

「お待たせしましたわね。さあ、行きましょう」

「……お宝探しは終わったか？」

「ええ。いろいろ役立ちそうなものを見つけましたわ」

「……？」

カロンはノエルが物色《ぶっしょく》している間、ドア付近を警戒していた。ノエルが何を見つけ、何をポケットに入れたのか——彼は知らない。

そのほうが都合がいい。

廊下に出ると、またしてもポケットの中の端末が復活した。

カロンはもはやまったく興味を示さない。静かになった廊下を歩きながら、ノエルは日記の続きを読んだ。

○年 ○月○日
悪魔と契約をした。

今は冷静にものごとを考えることができる。

そしてこれまでの自分がいかに未熟だったかも理解できる。

あこがれだの仕事への誇りだのそんな感情は何も生み出さない。

私は市長秘書。

ならばよけいな私情を挟まず市長の右腕になることのみが模範《もはん》なのだ。

そんな当然のことに気づけただけでもこの力を得た意味はあったのだろう。


まるで別人が書いたのではないかと思えるほど、内容が——というより、文体が変わった。

その変化も不気味だったが、ノエルが思わず足を止めてしまったのは、『悪魔と契約』という言葉がまず目に入ったからだった。

悪魔と契約すると、精神面もおかしくなるのだろうか。ボマーは完全にイカレていたし、シビラはまるでロボットだ。

では、自分は？

何か変わったところはあるのだろうか？

ノエルは端末を握りしめ、カロンとともに階段を上がった。


二十五階のセキュリティはかなり厳重なものだった。先ほど強引に解除したセキュリティシステムとは独立したものらしい。さっき入った部屋は『セキュリティ制御室A』とあった。ということはBやCもどこかにあるのだろうが、それを探している暇はない。

そもそも、探す必要はなくなっていた。

「シビラはここを通らなかったのだろうな……今のヤツならば、力ずくで開けているだろう。他に道があるとすれば……」

腕組みをしてカードリーダーを睨むカロンの横で、ノエルは悪戯《いたずら》っぽく笑いながら、一枚のカードキーを振ってみせる。カードには、『MASTER』と印字されていた。

「む、それは……？」

「マスターって書いてあるんだからたぶんマスターキーですわ」

「いつの間にそんなものを」

「さっきの『お宝探し』です。カードキーを束ごと持ってきたら、大当たりが入ってましたの。わたくしだって、ちゃんと役に立ちますでしょう？」

「……ふん。場合によってはな」

ノエルは得意げにカードをリーダーにかざす。電子音がして、ドアがあっさり開いた。

警報が鳴ることもない。廊下はただまっすぐに伸びている。今までのフロアと違うのは、カーペットや壁紙に重厚感があることか。社長室があるフロアだ。重役が通るにふさわしい様相《ようそう》かもしれない。

社長室は――シビラがいる部屋は、すぐにみつかった。ドアのそばのカードリーダーが黒焦げになっている。カロンとノエルは目配せをした。

カロンがすばやくドアを開ける。

シビラ・ベッカー。

彼女は、デスクの上のパソコンの前からさっと離れた。振り向いたその顔に焦りは感じられない。相変わらずの、ロボットじみた無表情だ。

「いましたわね！」

「一歩遅かったようですね。あなたがたの手に渡ると困るデータは、すべてこのメモリに移し終わりました」

シビラが、手にしたメモリを振る。声にも顔にも感情がこもっていないのに、勝ち誇ったように見えるのはなぜなのか。ノエルの中に、またむかむかと怒りがこみ上げてきた。

いっぽう、カロンはポケットから片手を出すと、いつもと変わらない調子で、流れるように毒を吐いた。

「つまりそのメモリとやらを奪えばバロウズはおしまいというわけか。貴重なデータをひとつにまとめてくれて助かる」

「減らず口を……。しかし、ノエル様もカロン様も、少し派手にやりすぎましたね。あなたがたの行為は、もはや立派な強盗です。じきに警察がビルを包囲しますよ。そして、善良なラプラス警察は善良な企業への不法侵入者を、徹底的に追いつめるでしょう」

シビラに言われるまでもなく、たしかに強行突破を重ねてきた。それなりに時間も経っている。ひょっとすると、もうすでに警察は到着しているかもしれない。

だが、そんなことはノエルにとって問題でも何でもなかった。今までこの女にいくら殺されかけてもなんとかなったのだ。

「帰りのことは帰りに考えますわ。ここまで来たらもう、手ぶらでは帰れませんもの！」

「そうですか。ではどうぞ、やってみてくださいませ。ただし、それが――」

シビラが、

「――できるものなら」

嗤《わら》った。

およそ人間の笑みとは思えなかった。

それはまるで獣のようであり、まるで――。

ノエルの本能が、彼女の恐ろしい笑みに怯《ひる》んだようだった。シビラの笑みはすぐに消え去った。カロンが前に出て鎖を振るうと同時に、部屋全体が真っ白な光に覆《おお》われる。

バヂッッ!!

その稲妻はノエルの目を灼《や》き、シビラのそばにあったパソコンを破壊した。データが失われたことは見るも明らかだ。

シビラは身を翻《ひるがえ》し、奥の木製のドアに向かって走った。カロンが鎖を放つ。ドアに当たる。シビラが悲鳴ひとつあげずによろめく。しかし立て直し、彼女はドアの向こうへと消えた。

「ちっ……！　手間をかけさせる。追うぞ！」

部屋を出ると、パンプスで階段を駆け上がる、硬い音が聞こえた。

「たしか、このビルは二十五階建てだった。この上に行ったとなれば、屋上しかない。これ以上の逃げ場はどこにもないはずだ！」

「屋上――」

思わずノエルがつぶやくと、カロンも寂《さ》びたつぶやきで応えた。

「お前とあいつとの決戦の場には、ふさわしいかもな」

「……ついに、今度こそ、あの女を……！」

階段を上り始めたとき、ノエルは、またポケットの中の端末が息を吹き返したことに気づいた。さっきシビラが電撃を炸裂させたためだろう。

○年 ○月○日
最近自分が何をしたいのかわからなくなる。

この力を手に入れてから私は何に迷うこともなくなった。

しかし同時に自分がなんのためにこんなことをしているのか自分のことなのにわからない。

昔の自分の記録を見ればそれが市長のためだということはわかる。

しかしそこに実感を覚えることができない。


どうして、私は、市長のために……?

……いや、疑いはじめてはいけない。

それはたしかに、私の原動力であったはずなのだから。


日記はそこで終わっていた。

「この日記、読めてよかったですわ」

「そうか?　得られるものなど何もなかったと思うが」

「いえ。これを読んで、わたくしの行動は決まりましたから……」

ノエルはポケットに端末をしまうと、屋上への階段を上り始めた。

聞いたことのある音が……轟音が聞こえてくる。その音の意味がわかると、ノエルは少し焦った。

その音は。

ヘリのローター音だ。

屋上では風が荒れ狂っていた。軍事用のヘリがまさに離陸しようとしている。シビラはヘリの操縦ができるのか。驚いてノエルがコクピットを見ると、シビラは……操縦桿を握っていなかった。

「な……!?」

『海が見える、夜のビルの屋上。そこに私と、ノエル様と、カロン様の三人。まるで、あの夜の再現のようですね』

シビラの声が、ヘリに搭載《とうさい》されているのであろうスピーカーを通して聞こえてきた。

「無駄口もそこまでだ、シビラ・ベッカー。お前は今日、ここでバロウズの野望とともに散る。いくらお前が魔人といっても、その力がボマーにすら及ばないことはわかる！」

カロンはまったく臆さずにヘリの前に出て、声を張り上げた。その声は、耳を聾《ろう》するヘリのローター音すら貫いて聞こえてくるようだった。

「おとなしく降りてきて、メモリをこちらによこせ！」

『たしかに私は、悪魔を倒せるほどの力を持っていません。私が悪魔と契約して手に入れたのは……操る力、ですので』

ばあん、と屋上にいくつもの雷が落ちる。

屋上にはリフトのようなものが設置されていたらしい。バチバチと放電しながらリフトが動き、四機のドローンが姿を現した。

社内にいたセキュリティ・ドローンとは、色も形状もちがう。

『アクエリアスは海運会社です。海外から兵器を密輸することもまた容易なこと。これは警備用ではない、軍事用ドローンでございます。装甲も火力も、それなりのものです』

警備用ドローンでさえ、カロンが手こずるほどの硬さだった。それでも、武装がスタンガンだけだったのが救いだ。重火器など装備されては手に負えなくなってしまう。ノエルは冷や汗が流れてくるのを感じた。

『私は界雷《かいらい》の魔人、〈虚構《きょこう》のシビラ〉。万物《ばんぶつ》を操る、悪魔の雷《いかづち》の使い手でございます。それは電気が通うものならなんでも……機械から自分自身の心まで、自在にコントロールする力！』

シビラの顔に、表情が宿った。

『降りてきて、メモリをよこせ？　そうしてほしければ、力ずくでやってみなさい。大悪魔カロン……じつに勝手で、自分のことしか考えない、あなたらしくね！』

どうしてなのか。彼女は、カロンを……憎んでいた。

それが気になり、ノエルはカロンを見上げた。しかしカロンは、その視線が戦いを心配しているものととらえたのかもしれない。ノエルを見下ろすと、静かに後ろに向かって顎をしゃくった。いつも通り物陰でおとなしくしていろ、ということだ。

ノエルは自分が抱いた疑問をいったん置いておくことにした。たしかに今は、そんなことを気にしている場合ではない。

「カロン、あのドローンと正面から戦ってはダメですわ。狙うのは本体ではなく、制御装置ですのよ！」

ノエルはカードキーの束の中から、『DRONE　MASTER』と印字されたものをカロンに渡すと、大急ぎでその場を離れた。ほんとうはビル内にでも逃げ込んだほうが安全なのだろうが、そこまでできなかった。戦いを、目と記憶に焼き付けておきたかった。

あのマスターキーが、密輸された軍事用ドローンにも使えるかどうかはわからない。でも、ないよりはましなはずだ。

ヘリのローター音とは似て非なる唸《うな》り。

ドローンが動き出したようだ。

カロンも動いた。

彼は軍事用ドローンが乗ってきたリフトに向かって走り始めた。リフトにはコンソールが設置されている。ノエルの見立てによればそれがドローンの制御装置だが、これまた確証はない。

カロンの足ならすぐに到達できるはずだ——が、ドローンに行く手を阻まれた。夜闇に溶け込むようなカラーリングだったが、ドローンは時折バチバチと放電していたために、すぐに居場所がわかる。

シビラの雷で無理やり動かされているようだ。感情のない、普段のシビラの目にも似たカメラが、カロンを睨みつけた。

「ッ！」

ドローンが発砲してきた。装備されているのは小型マシンガンのようだ。カロンは横様に跳んで銃撃をかわし、鎖をドローンに絡ませた。ドローンが捕らえられた蜂《はち》や蠅《はえ》のようにめちゃくちゃに暴れ回ったが、カロンはそれを軽々と武器代わりにした。

鎖につながれたドローンは陸上競技のハンマーと化した。カロンのコントロールはすばらしかった。振り回されたドローンと、突っ込んできたドローンが衝突した。

カロンはドローンが破壊できたかどうかは確かめない。その程度の余裕すらない。ドローンの破片が彼の嘴《くちばし》に当たって跳ね返る。

シビラが駆るヘリのガトリング砲がバチバチと電撃を帯びたかと思うと、轟音を上げて発砲を始めた。当たれば、痛みを感じる前に全身がバラバラになっているという破壊力の銃だ。悪魔でも、まともに食らえばバラバラになるのだろうか。

そのとき見せたカロンの動きは、ノエルの視覚ではとらえられないほどの速さだった。

悪魔は、その気になれば、銃弾すら避《よ》けられるのか。

だが、カロンはドローンとヘリの銃撃の両方から逃げねばならない状態だ。ノエルは見ていて生きた心地がしない。

それにしても、こんな深夜とはいえ――ラプラス商業区のランドマークとも言えるビルの屋上で、軍事用のヘリとドローンが発砲しまくっている。騒動にならないはずがない。バロウズは、こんな大事件でももみ消してしまえるのだろうか？

カロンは銃撃を続けるヘリに、逆に突っ込んでいった。ガトリング砲は真下に向けられない。カロンは懐《ふところ》に飛び込んだのだ。

ドローンが執拗《しつよう》に彼を追った。しかしそれは、カロンの思惑《おもわく》通りだったらしい。彼は身をひるがえしながら鎖を振るい、追ってきたドローンを一瞬でがんじがらめに縛り上げた。

駆け抜けて、ヘリの背後に回る。

そして。

『あッ!!』

ヘリからシビラの驚きの声が上がった。

カロンは捕らえたドローンをヘリに向かって投げつけたのだ。

避けきれず、ドローンはヘリの側面にぶつかった。ローターにぶつかっていれば少しは状況も変わったか。しかし機械音痴のカロンはヘリの弱点を知らないかもしれない。

それでもヘリは大きく傾き、激突したドローンは屋上に落ちた。

耳を聾する雷鳴が響き渡る。

シビラが全力で雷を放ったようだ。向こうも墜落《ついらく》すまいと必死になったらしい。ばりばりと稲妻が絡みつくヘリの機体が、体勢を立て直す。

しかしその頃にはもう、カロンがリフトのコンソールに辿り着いていた。

ノエルがカードキーを使うのを見ていたはず。いくら機械音痴でも、カードキーの使い方は覚えてくれただろう。カードキーはお年寄りでも簡単に使えるものだし、カロンは馬鹿ではないのだから!

カロンが制御装置をどう操作したか、ノエルからは見えなかった。

しかし、軍事用ドローンは四機ともいっせいに機能を停止し、屋上に転がった。

『ッ、いつの間にそんな器用な真似《まね》ができるように……!?』

「ここまで私ひとりだけが力ずくで進んできたと思っているのか？　ならば、お前は私たちには勝てん！」

『勝ったつもりになるのは早すぎますよ、カロン様。——さあ、機械は機械らしく、スクラップになるまで働きなさいッ！』

再び、雷鳴と稲妻。

ボマーのときも思ったが、かれら魔人は物理的に倒されるまで、無限に能力を使えるのだろうか。

シビラが放った悪魔の雷は、眠ったドローンを叩き起こした。しかし、見るからに様子がおかしい。動きがガクガクしているし、ビリビリと帯電している。おまけに銃を撃つそぶりもなく、ただまっしぐらにカロンを目指すだけ。

「カロン！　ドローンが爆発しますわ!!」

それはある意味自爆攻撃といっていいのかもしれない。機械は死など恐れないし、酷使されても文句を言わない。シビラに命じられたとおり、鉄クズになるまで戦い続けるだろう。

カロンがほんの一瞬ノエルを見た。うなずいたように見えた。

カロンが逃げに徹する。黒い風のように走るカロンの背後で、ドローンが次々に爆発していく。しかし、残り一機になったときだった。カロンがいきなりきびすを返した。

自分めがけて突っ込んできていたドローンを鎖で絡め取ると、また、力任せに投擲《とうてき》した。

ヘリめがけて。

『ぅあッ!?　そ、そんなバカなッ！』

だがシビラも悪運が強かった。ヘリにぶつかる直前でドローンは負荷に耐えられずに爆発したようだ。爆風のあおりを受けて、ヘリの体勢がまた危うくなる。

『カロンはドローンに対応できない計算だったはずが、こんな……！　くっ……、ま、まだです！　市長のためにも……このメモリは渡せないッ！』

ヘリもだいぶ無理強いされている。稲妻が走り、ヘリはふらふらしながら背を向けた。シビラがどうするつもりかは明らかだった。

「逃がすかッ!!」

ドローンから生じた黒煙を断り裂き、カロンが屋上のふちぎりぎりにまで走る。すでにヘリはビルの屋上から離れ始めていた。

鉤爪《かぎづめ》のついた、その大きく黒い手が、唸りを上げてヘリに向けられる。

カロンの鎖が——禍々《まがまが》しい赤の光をまとう凶悪な鎖が、長く長く伸びていく。軍事用ヘリの大きな胴体に絡みつく。意思ある生き物のように。龍《りゅう》のように。

ローターから火花が散り、わずかな白煙が上がった。

「勝負はついた、命まで取るつもりはない。ヘリを捨ててこっちに飛べ！」

『だ、誰がそのような……！　まだ私はッ……、うぐ……！』

シビラはまだあきらめていない。その顔には、今まで見せたことがない焦りが張り付いている。彼女は市長のロボットではなく、ひとりの人間の女性に戻っていた。

ヘリが抗《あらが》う。生き物のように。しかしカロンが、鎖を握る両手に力を込めた。いったいどれほどの膂力《りょりょく》があるというのか、逃げようとしているヘリが大きく傾く。鎖が切れる様子もない。

「無駄だ、この悪魔の鎖からは逃れられないぞ。……ヘリと心中するようなシーンでもないだろう。お前は負けたんだよ。私と、ノエルにな」

『う……うおお……！』

「カロン！　尾翼《びよく》ですわ！」

ノエルは物陰から飛び出し、ヘリの悲鳴に負けない大声を張り上げた。

「なに!?」

「ヘリは尾翼が弱点ですの！　映画で観ましたわ！」

「わかったッ！」

カロンが爪で空気を引き裂くように、左腕を振るう。赤い光を放つ鎖がもう一本喚《よ》ばれ、ヘリのテールローターをとらえた。火花が散り、爆発が起き、黒煙が上がる。

シビラが雄叫びと悲鳴の交じった咆哮《ほうこう》を上げる。

『うおおおお……!!』

もはやヘリが制御を失ったことは明らかだった。シビラはとうとう、コクピットから屋上に飛び降りてきた。


ヘリは海上に墜落したようだ。爆発音がし、黒煙が屋上にまで漂ってくる。

シビラはカロンとノエルの前で、ぐったりとへたり込んでいた。

「さて」

カロンが大きな右手を開閉し、ごきりと鳴らした。

「逃げられない程度に手足を折らせてもらうか。メモリごと海に飛び込まれてはかなわん」

シビラに歩み寄ろうとしたカロンを、ノエルは、呼び止めた。

「待ってくださいまし」

「……なんだ、ノエル？」

「わたくし、思いますの。あなたがここで、シビラ・ベッカーを倒してしまうのは間違いなのではないかと」

カロンが眉間《みけん》にしわを寄せた。

「今さらなにを言っている!? まさか、あれだけ怒りを向けておきながら、こいつを倒すことが——復讐することが、恐ろしくなったのではないだろうな？」

「いいえ、違うんですのよ、カロン。そんな話ではありませんの。あなたがシビラ・ベッカーを倒してなんになりますの？」

「だから、なぜそう思うのかと聞いている！　さてはお前、こいつの過去を知るうちに情でも移ったのか？」

ノエルは笑った。カロンの勘違いが、なんだかおかしかった。

シビラが今、ひょっとすると見逃してもらえるのではないか、などと考えていれば、もっと愉快なのだが。

「それも違いますの」

ノエルはカロンよりも前に進み出た。

「わたくしが殺らなきゃ復讐にならないってことですわ」

シビラに銃を向け、引き金を引くのに、まったく躊躇《ちゅうちょ》はなかった。

なぜなら、

――わたくしは、復讐の魔人だから！

弾丸は至近距離からシビラの左肩に命中した。衝撃で、シビラは仰向けに倒れた。

「ッッッ!!」

彼女が無様《ぶざま》な悲鳴を上げなかったのが、ノエルはちょっと不満だった。

「……そうでしょう、カロン？　あなたではなく、わたくし〈被虐《ひぎゃく》のノエル〉が、とどめを刺さないと」

銃口も視線も、シビラから外さない。生まれて初めて撃った銃の重さと反動は予想以上のものだったが、耐えられた。今はそんなことに驚いている場合ではないし、何が何でもこの場で、この女を、殺さなければならない。その殺気が、ノエルの左腕にとほうもない力を与えていた。

カロンが引いている。彼の顔も姿も、ノエルの狭い視界の外だけれど、はっきりわかる。

「そ……、そんなもの、いつの間に……」

ノエルに対して、彼が言葉を詰まらせるのは初めてだったから。

「制御室のロッカーで拝借しましたの。これがあれば、この腕でもこいつに復讐できると思いまして」

シビラは傷を押さえてうめいていた。ノエルは一歩近づく。その苦悶《くもん》をよく見たかった。

「知ってますわよ、シビラさん。あなたにとって、バロウズ市長はあこがれ。そんな市長が、あ、い、い、あなたのミスのせいで、汚職の証拠を暴露《ばくろ》されるんですのよ？」

シビラはノエルを見た。が、何も言わない。何を考えているのかわからない。

それが気に食わないので、ノエルは撃った。

弾丸はシビラの右足を貫いた。

この至近距離だ、銃を撃つのが初めてでもさすがに外れない。

「あああッ……!!」

「誰が黙っていいと言いましたの？」

今はもう、この女のどこでもいいから、撃ちたくて撃ちたくてたまらない。

だからまた引き金を引いた。

「ぐ……!!」

弾丸はシビラの左足に当たったようだ。

「たしかに裏にはバロウズ市長がいて、わたくしを利用しようという目論《もくろ》みがあった。でも、わたくしにとって……わたくしを騙し、四肢《しし》を、ピアノを、未来を奪ったのはあなた。呪《のろ》わずにはいられない……ッ!!」

撃った。

「あがッ……!!」

シビラの右腕が跳ね上がって、力なくコンクリートの上に垂れる。弾丸はその腕を貫通し、脇腹にまで達したようだ。彼女のスーツのジャケットが、じわじわと赤く染まっていく。

これで彼女の四肢の自由は奪った。それでもまだ足りない。ノエルの憎悪《ぞうお》は収まるどころか、逆にごうごう燃え盛っていく。

次はどこを撃とうか。そう思っていると、カロンが声で射線《しゃせん》に割り込んできた。

「おい。そんなに撃たなくてもこいつはもう、どうすることも……」

ノエルは、その声を無視した。

「あなたが言ったとおり、ほんとにちょうどいいロケーションですわ。……かつて、わたくしがあなたにそうされたように。今度はわたくしが、あなたを。……バラバラにして、海の底に突き落としてさしあげますわ。これで少しは気分が晴れるといいんですけれど」

首を傾《かし》げ、ノエルは笑顔で問いかける。

「ねえ、シビラさん？　なんとか言ってくださいな」

「…………。……す、好きになされば、よいでしょう……。ならばメモリは、私が、海の底まで、持って、いきます、ゆえ……」

「ヘリを捨てた女が何を今さら強がってますの？　あなただって、死ぬのは怖いんでしょう？　強がるのはおやめなさいな」

ノエルは銃を片手に、シビラに近づこうとした。

もっと近くで何発も撃てば、腕の一本や二本は千切れ飛ぶのではないか。マガジンもいくつか確保してある。そう簡単に殺してやるつもりはなかった。

自分のように。芋虫のように。のたうち回りながら死ねばいいのだ。

しかし、ノエルの行く先には、カロンが立ち塞がった。彼が初めてノエルの言動に心底《しんそこ》戸惑《とまど》っているのがわかる。

「もうやめておけ、ノエル。こいつだってしょせんはバロウズの駒なんだ。こいつを殺したところで何にもならん」

ノエルは笑顔で彼を見上げた。

「ねえ、カロン」

「……なんだ？」

「あと何発撃ち込めば、メモリを手放すと思う？」

カロンが目を見開き、そして。低い声をさらに低くした。

「ノエル」

ノエルはまたその声を無視した。

カロンを押しのけ、笑いながら銃口をシビラに向ける。

「わたくしとしては、あなたが死ぬ前に市長を売ってくれると最高なんですけれど!!」

「……ノエル！」

「さあ、メモリをよこしなさい！　そしてわたくしに謝って、無様《ぶざま》に死になさいッ!!」


衝撃。


え、とノエルの口からかすかな声が漏れる。

わけがわからなかった。頬が痛い。

「……え……？」

「……少し、冷静になれ」

カロンが右手を下ろした。

「今のお前の、その醜《みにく》い顔を見せてやりたいぞ」

ノエルは、自分が、彼に平手打ちされたのだとようやく理解できた。チンピラを一撃で吹っ飛ばす彼だ、かなり手加減をしたのだろうが……痛かった。

銃を持ったまま、ノエルは張り飛ばされた頬を押さえた。

「……な……」

「こんなところで残虐な殺人を犯す必要はない。今、お前の復讐に必要なのはメモリだ。殺さなくとも簡単に奪い取れる。この女はもはやお前と同じで、手足もろくに動かせん。お前もとっくにわかっているだろう?」

「わ……わたくしの復讐を邪魔するんですの!? こいつにだって、市長と同じくらい恨みがありますわ! それはあなただって同じなのではありませんこと!?」

「ああ、こいつは大悪魔の私をコケにした。私の美学を汚《けが》した、万死《ばんし》に値《あたい》する女だ。……だが」

カロンは赤い眼《め》を伏せた。

「――殺したら、もう戻れなくなる」

悪魔がそんなことを言い出すなんて。

悪魔のこんなまっとうな言葉に、胸を抉《えぐ》られるなんて。

ノエルはまるで考えてもいなかった。

どうして。

この悪魔は、自分の復讐を手助けしてくれるのではなかったのか。

頰の痛みは、じんじんとノエルの意識の中に浸透してくる。

ノエルが呆然《ぼうぜん》とみつめる中、悪魔は目を合わせようともしない。彼はどこか、いたたまれないといった面持ちに見えた。見ていられない、と言いたげだった。

「私の手すら届かないところに行ってしまう。そんなことは、もうごめんだ」

そして……遠い昔のことを思い出しているようでもあった。

「わ、わたくしは、どうせもう一度人を殺してしまった身ですわ！　それに、それにわたくしの命なんて、どうせ復讐が終われば、〈代償《だいしよう》〉に失われるんですもの！　復讐が終わったあとのことなんて……そんなこと考えたって、意味がありませんのよ！」

それはほとんど悲鳴だった。この悪魔を撃てば、この得体《えたい》の知れない恐怖のような感情から逃れられるのだろうか。でも、ノエルの腕はもう、上がらなかった。なぜか銃がどんどん重くなっていくのだ。

「復讐の末の代償は、まだそうと決まったわけではない。それは私が決めることだ。……もっと自分を大事にしろ。怒りと呪いに身を任せれば、最後は絶対に……破滅することになる」

「あなた的には、契約者がそういう末路を辿ることが……愉快なんじゃなかったかしら？」

「お前がひとりで勝手に、しかも復讐の途中で破滅し、未来を閉ざすことは許さん」

「！」

「少なくとも今私たちは、同じ敵を持つ、対等な関係だからな。もう忘れたのか？『その復讐は、お前だけのものではない』のだ。足並みは揃《そろ》えてもらおうか」

どこまでも静かな声に、ノエルは打ちのめされて、うなだれるしかなかった。

「だいたい、お前が片っ端から敵を撃ち殺していくのは、効率も相性も悪すぎる。私は契約の代償を考える以前に、お前に適切でふさわしい復讐を考える。だからお前は勝手に生き急がないことだ。この瞬間の呪いではなく、おとなしく未来の希望でも見ていろ」

「……わたくしの復讐なのに、あなたに合わせろと?」

「私の復讐でもある。悪魔は傲慢《ごうまん》なものだ、無視はさせんぞ」

「わ……、わたくしは……」

たしかに、ちょっと頭に血が上っていたかもしれない。

でも、シビラと対峙《たいじ》したときに感じた怒りと憎しみは、本物だ。

それがどうして今は……きれいになくなってしまったのだろう。それどころか、手足が勝手にがくがく震えだしている。

「あなたと正式に契約してから、復讐を遂げて死ぬことしか考えていませんでしたわ。そう考えていると、自然と何も怖くなくなって……なんでもできる気がしてきて……」

「代償にお前の魂を貰《もら》うかもしれない、と言ったのが誤りだったたか。お前がそれを受け入れ、覚悟を決めてしまうのはつまらん。それに――ガキがそこまで背負う必要はないんだよ」

ノエルの手から銃が滑り落ちる。暴発しなかったのは幸いだった。力が抜けたのは手ばかりではない。

「……あ、……あれ……?」

義足を支える力もすっかり消え失せ、ノエルはぺたんとへたり込んでいた。

「な……なんだか、毒気が抜けたら、力が入らなくなってしまいましたわ……」

「似合わないことをするからだ」

ふん、と嘴の中で笑うカロンは、なぜかそっぽを向いていた。

シビラは結果的に命拾いをした。……かに思われたが、彼女は唐突に、ゴふっと咳《せ》き込んで血を吐いた。脇腹に当たった弾丸が、思いのほか深手だったようだ。

すぐに手当てをしなければ、恐らく死ぬだろう。彼女がそれを恐れている様子はない。今は、恐怖以外の想いが、彼女の中にあるようだった。

シビラはカロンを憎々しげに睨みつけていたのだ。

「……それが、今のあなたの悪魔の契約ですか。変わりましたね、カロン様……。昔のあなたでは、考えられない……」

カロンは無言でシビラを睨み返す。黙れ、と言いたげだった。

「カロン。あなた、彼女とそんなに昔から知り合いでしたの?」

ふたりの間に奇妙な確執《かくしつ》があることには、ノエルもすでに気づいていた。廃ビルで初めて出会ったにしては、互いを嫌悪しすぎている。シビラにいたっては、カロンにかなり根強い恨みを持っているようだ。

「……いや、それは……」

そしてカロンは、このことを尋ねると歯切れが悪くなる。

「……ノエル様。ひとつ、昔話をいたしましょう」

ときどき咳き込みながら、シビラは話した。

それは彼女が歩んできた半生についてだった。

ノエルは聞くうちに、スカートのポケットの重みを意識するようになっていった。シビラが話しているのは、端末で読んだ日記の内容そのものだったから。

自分の周囲の人間は馬鹿ばかりだと、ずっと若い頃から人を見下し続けてきた彼女にも、唯一あこがれ、尊敬する人物がいた。

それがラッセル・バロウズ。三十歳にも満たないうちから、彼は市議として活躍していた。何にも情熱を見出《みいだ》せないシビラが目標にできたのは彼だけ。有能だったシビラはあっさり彼の秘書の座につき、これまで市長の右腕として奔走してきた。

今思えば、最初の数年間は『試用期間』だったのかもしれない。

シビラが本当の意味でバロウズの右腕となったのは――悪魔と契約してからだ。

シビラはある日、バロウズの裏の顔を――いや、真の顔を知らされた。彼がラプラスの闇を利用して頂点にとどまり続けていたことを。

「……しかし私は、市長のもとを離れませんでした。……この人のそばを離れれば……私はまた、生きがいを持たず、うつろな人生を歩むことになってしまう……そう思ったのです」

バロウズから強く勧められたわけでも、求められたわけでもない。

シビラは自ら悪魔と契約した。

「人を裏切ることにも……騙《だま》すことにも……殺すことにも……迷わないように。私は、悪の雷《いかづち》で、あらゆる感情を焼き切りました」

脳細胞は情報伝達のために電気信号を使っている。心や感情など、シビラに言わせればまぼろしだ。目に見えないものを彼女は信じない。価値も見出さない。

「私は……意思を持たない、機械になったのですよ」

過去の自分が下した『市長を助けろ』という命令にだけ従うロボット。

そこにもはや実感や目的などない。

けれどそれが、シビラの選んだ道。

「……なかなか皮肉めいた話でしょう。……少しは気が晴れましたか？　ノエル様……」

「感情を……。そこまでして……」

「後悔はないのか？　お前が結んだ契約もまた、自分のためではなく、人のためのものではないか」

「……後悔なんて、ありませんよ……。しかし……強《し》いて言うならば、恨みはあります」

シビラが冷徹な目と言葉をカロンに向けた。

今や彼女がはっきりと、カロンを恨んでいると言っているも同然だった。

カロンが固唾《かたず》を呑《の》んだようだ。シビラが、彼にとって都合の悪いことを話そうとしている。

しかしカロンはそれを制止する気もないようだ。まるで観念したかにも見えた。

「市長も、生まれついての悪というわけではありません。行き詰まり、誘惑に負けた結果……今のような……」

「えっ……」

まさか。

ノエルはカロンを見上げた。

「迷い悩む市長の道を歪《ゆが》めた……大悪魔。それが今さら、契約者を気遣うようなことを……！カ、カロン様、あ、あなたのしたことは許し、ませ、ん！」

カロンに突きつけられたその言葉。

いちいち説明されなくてもノエルにはわかる。わかるが、……信じたくないのかもしれない。

それも彼女の嘘《うそ》、作り話ではないかと断ずることができない。

カロンがたじろいだから。

しかし、カロンやシビラに詳しく問いただすことはできなかった。

「楽しいお話をしているようだね。よかったら私もまぜてくれないか？」


その男が屋上に現れたのだ。

ノエルはまさか、今この男の声を聞くことになるとは思っていなかった。

「やあ、ノエル君。やっぱり来ちゃったんだね、このビルに」

「……バロウズ……!!」

バロウズ市長は眼鏡《めがね》を外した素顔で、足音高くこの場に割り込んでくる。

ノエルの身体に、一瞬で力が戻ってきた。というより、思わず立ち上がっていたと言っていい。バロウズは異様な威圧感を放っていた。ノエルはもちろん、カロンさえもほとんど障害と見なしていないのは明らかだ。

彼は悠然《ゆうぜん》とシビラに近づき、冷たい目で見下ろした。

「困るな、シビラ。誰も『負けろ』なんて命令はしていないんだが」

「……申し訳ございません……」

シビラが消え入りそうな声で謝罪する。その声の細さは、傷のためなのか、申し訳なさのためなのかわからない。

バロウズは眉ひとつ動かさずに吐《は》き捨てた。

「つまらない上に使えない女だ」

あまりにも冷酷な言葉に、ノエルは凍りついた。まるで自分がそう言われたような気さえした。その横で、カロンが激昂《げっこう》する。

「ッ、自分の部下にそんな言い方はないだろう！　こいつはお前のために――」

「お前もだよ、カロン」

バロウズの目が、ぎろりとカロンを睨む。

どこからシビラの話を聞いていたのか――彼もまた、もう曖昧《あいまい》なままにする気はなくなったようだ。

「昔と比べて、つまらねえヤツになったよなあ？　オレが知ってる大悪魔カロンは、ラプラス市長バロウズなんかとは比べものにならないくらい――残忍で、狡猾《こうかつ》で、相棒に厳しかったじゃねえか！」

「ッ……、ラッセル……！」

バロウズのファーストネームはラッセルのはずだ。

このラプラスで、彼を名前で呼ぶほどに親しい者は、いったいどれくらいいるのだろうか？

きっと、五指にも満たないだろう。その中にカロンが入っている！

「ど、どういうことですの？　昔って、いったい……!?」

「どういうことでもいいんだよ、ノエル・チェルクェッティ。お前はここで死ぬのだから」

金色の双眸《そうぼう》がノエルを射貫《いぬ》いた。

次の瞬間。


！


轟音とともに、彼の背後の床を突き破って、何かが姿を現した。

それは、

「……あ、悪魔……!?」

カロン同様黒ずくめだ。漆黒《しっこく》のローブを着ていて、フードを目深にかぶっている——が、その嘴は隠しきれていない。猛禽《もうきん》を思わせる、カロンよりも大きく湾曲した嘴。その色は、焼いた骨のような純白だ。

ぢゃらりと重い音が鳴る。カロンが出すものよりも太くごつい鎖が、その悪魔の首輪から垂れている。悪魔は無言だ。だが見つめられているのがわかる。

バロウズは振り向かず、ニタリと笑った。

「やってくれるよな、シーザー？　オレは今まさに殺されそうなんだ」

その、悪魔は。

シーザーというのか。

わずかに顔を上げたかと思うと、シーザーは突進してきた。

ビルの屋上のコンクリートを抉り、瓦礫《がれき》を飛び散らせるほどの勢い。

カロンが迎え撃った。

二匹の悪魔が無言のまま何をしたか、ノエルの目には映らなかった。落雷のような轟音が上がり、血しぶきを上げながら吹き飛んだのは――カロンだった。

「ぐあ……ッ！」

「カ、カロン!?」

カロンが押し切られた。

信じられない、そんなことが。

ノエルは急いで彼に近づく。血は右腕と胸から流れている。腕からは……、骨、が。人間と同じ色の白い骨が、折れて飛び出している。

バロウズが満面で笑った。彼でも心から喜ぶことがあるようだ。

「さすがだな。拘束《こうそく》状態で同じ大悪魔をこうも軽々と」

カロンはいつか言っていた。自分は武闘派ではない、と。

ではあれが――あのシーザーが、そうだというのか。戦いに特化した大悪魔だというのか。

「……ノエル……、こいつはだめだ、格が違う！」

プライドの高いカロンが、あっさりと負けを認めた。

「えっ!?」

「……ラッセル……お前、契約を……？」

「さあな。お前が知る必要はない」

シーザーは動かない。無言でバロウズの数歩前に立っている。まるで彫像のようだった。

カロンは立ち上がった。一歩よろめいた。たったの一撃で、ノエルを今まで守り通してきた大悪魔が戦闘不能になった。

ノエルはもう――わけがわからなくなった。

「ノエル。すまん、ここは退くしかない。あの悪魔には、私では勝てない！」

「そ、そんな……。でも、退くにしても、どうやって!? それにあなたと市長はいったい……!?」

カロンがさっと身をひるがえし、左腕でノエルを抱えた。

「――生きていたら教えてやる！」

そのまま、屋上のへりに向かって疾走する。

まさか。

「ま、まさか……嘘でしょう!?」

嘘でも冗談でもなく、そのまさかだった。

カロンはノエルを抱え、アクエリアスビルの屋上から飛び降りた。

「きゃあああああああああああああああああ!!」

あの夜落下したビルの、倍以上の高さ。いくら下が海とはいっても、この高さから叩きつけられれば命はない。……人間なら。

不思議なものだ。

ノエルは意識を失う前に、温かくて大きな翼に包まれているような安心感をおぼえていた。


バロウズは血まみれで横たわるシビラに近づき、彼女の服のポケットを探った。取り出したのは、小さなメモリだった。

目を閉じ、ぐったりとしていたシビラが、薄目を開ける。

「……私は……、市長のお役に立てたでしょうか……?」

「………」

「今日まで血で血を洗い、あなたを補佐し……。私は……、カロン様のかわりになれたのでしょうか……」

バロウズは答えない。視線をめぐらせたあと、数歩歩いた。

やがて彼が拾い上げたのは、ノエルが落とした拳銃だった。マガジンを取り出す。弾が残っているのを確認すると、慣れた手つきで装填《そうてん》した。

バロウズは振り返り、微笑を浮かべて、ようやくシビラに言葉を投げかけた。

「シビラ。今日までよくオレの手足として働いてくれたな」

「……市長……」

「充分さ。ゆっくり休め。お前は、もう、立派な――」

銃口がシビラの頭部をとらえる。

「スクラップなのだから」

バロウズが引き金を引き、シビラ・ベッカーの脳髄《のうずい》が飛び散った。

NOEL the mortal fate
Movement1 - vow revenge

Intermezzo 2

ジリアン・リットナーは、つねに、いつも、二番でなければならない。ノエル・チェルクェッティこそが一番であるべきだから。

いつしかそれがジリアンの絶対的なモットーになっていた。

ふたりが出会ったのは、ふたりが今以上に子供の頃だった。音楽が盛んなラプラスでもハイレベルとされる、上層区のピアノ教室。そこには五歳児から大人まで、ピアニストを本気で志す者が通い詰めていた。

生徒たちは互いをライバル視していて、空気はいつもギスギスしていた。特に、市街地出身で家もあまり裕福ではないジリアンへの風当たりは強かった——はじめのうちは。

ある日のレッスンの終わりに、先生が全員に楽譜《がくふ》を配った。次のレッスンまでの宿題ということだった。

宿題を課せられるのは初めてで、ジリアンは困り果ててしまった。なぜなら……。

——どうしよう。

親が迎えに来るまでの間、ジリアンは教室に残っていた。いつもなら玄関で親を待っていたのだが。そこにやってきたのが、ノエルだった。

ノエルはジリアンを一瞥《いちべつ》したあと、ピアノの前に座った。そして、宿題の課題曲らしきものを弾《ひ》き始めた。

「あっ……！　あのっ」

気づけばジリアンは演奏の途中でノエルに話しかけていた。こんな、集中力を削《そ》ぐような真似《まね》は考えられない。でも、そのときのジリアンは必死だった。

ノエルは手を止め、あからさまに迷惑そうな顔でジリアンを睨《にら》んだ。

「なにかしら」

「そ、それ……しゅくだいの曲……だよね?」

「ええ」

「ごめん、あの……その……」

「はやく用件を言ってくださいまし。わたくしこの曲にきょうみがありますの。初めて見る曲ですから」

「や、やっぱりそうだよね。しらないよね、こんな曲。ええと……じ、じつはボク……」

「……?」

「楽譜がよめないんだ」

ノエルはただでさえ大きい目をいっぱいに開いた。

「じゃあ、あなたは今まで、どうやって……」

「ご、ごめん。あとでせつめいするから、この曲……一回だけでいいんだ、とおしてひいてくれないかな」

狐《きつね》につままれたような面持ちのまま、ノエルは曲を弾き始めた。

初めての曲だと言っていたのに、楽譜を目で追いながら、流れるように、美しく弾いていく。

ジリアンはぽうっとしながら聞いていた。ノエルは途中で一度もつっかえなかった。案外短い曲だった。終わったあと、ジリアンは力いっぱい拍手した。

「ずっと思ってたけど、ボクたちのコースでいちばんすごいよ、チェルクェッティさんは!」

「とうぜんですわ。それで？　わたくしにひかせたりゆうをせつめいしてくれるかしら？」

「うん。じゃあ、こんどはボクにひかせて」

「え。でも、あなたは……」

相変わらずわけがわからない様子のノエルだったが、ジリアンに席を譲《ゆず》ってくれた。

ジリアンはピアノの前に座り、目を閉じる。意識を記憶と指先に集中させて――ノエルが弾いた音をそのまま弾いた。演奏の技術は、ノエルには遠く及ばない。けれどジリアンは、初めて弾いた曲にもかかわらず、一度も音を外さなかった。

弾き終わってからノエルを見ると、彼女は目を丸くして固まっていた。

「ボクね……、一回きいた曲はわすれないんだ。だから……楽譜がよめなくても、今までだいじょうぶだったんだよ」

生まれつきのその才能を知ったとき、ジリアンの両親は舞い上がった。娘の才能を無駄にはできないと、両親は少ない家計をやりくりし、この身分違いもはなはだしいと言ってもいいピアノ教室に通わせることにしたのだ。

音楽は好きだったし、ピアノの音も心地いい。ジリアンは両親の方針を受け入れて、ピアノ教室に通い始めた。

ノエルはその話を黙って聞いていた。しかし話が終わると、ふん、と呆《あき》れたように鼻で笑ったのだ。

「いくらすごいのうりょくをもっていても、それではだめですわ」

「えっ」

「きいた音をひくだけじゃ、ただのまねっこです。楽譜には作曲者のおもいがこめられているんですの。それをよみとらなければ一人前にはなれませんわ！」

「まねっこ……、……そっか。ボクはチェルクェッティさんのまねをしてただけなんだ」

「なんですって？」

「チェルクェッティさんのピアノが、このきょうしつでいちばんだもの！　先生よりじょうずだっておもうこともあるよ。音がきれいでおぼえやすいし。ボクの先生はチェルクェッティさんなんだよ！」

「……や、やめてくださいまし」

ノエルは赤くなってそっぽを向いた。

「い、いちばんだなんて、とうぜんですわ。わたくしは、つねに、いつも、いちばんでなければならないんですもの」

台詞《せりふ》はいつものように高飛車《たかびしゃ》だったけれど、ノエルは髪をいじりながら言っていたし、歯切れが悪かった。ジリアンから見れば、その仕草もかわいらしくて、『一番』だった。

「楽譜、はやくよみかたをおぼえなさいな。あなたののうりょくについてはみんなにひみつにしといてさしあげます」

「あ、ありがとう！　ボク、がんばってこのきょうしつのにばんめになるよ！」

それからほどなく、ジリアンは楽譜が読めるようになった。

互いの家を行き来するくらいにノエルと仲良しになるのは、まだ先のこと。でもその日の宿題が、ジリアンとノエル・チェルクェッティの距離を一気に縮めてくれたのはたしかだ。

ノエルもジリアンも、一日たりともピアノから離れず、めきめき実力をつけていった。

そして……。

ジリアンはなぜか、『一番』になってしまった。

そんなつもりはなかったのに。あの日も、ノエルの演奏が一番だったのに。

コンクールの日の夜、ノエルは姿を消した。理由など考えるまでもなかった。ジリアンも必死になって探したが、みつからなかった。手をこまねいているうちに、なぜかジリアンの家が爆破されて……。

「………」

ジリアンは顔の包帯を撫《な》でる。目はちゃんと見えるようになる、と言われた。身体《からだ》中痣《あざ》だらけらしいが、骨折はしていないのですぐに退院できそうだという。

退院したら、すぐにまたノエルを探し始めなければならない。ノエルが生きているのは確実なのだ。

『――ただの魔女、ですわ』

あのとき聞こえた声はノエルのものだった。ジリアンは一度聞いた『音』を忘れない。

ノエルのものだった……けれど、雰囲気ががらりと変わってしまっていた。それも、あまり良くない方向に。

自分のことを、魔女だと断じたということは――。

――ノエル、まさか、キミは悪魔と……？

ピアノで一番になれなかったことが、そこまで彼女を追い詰《つ》めたのか。だとしたら自分のせいだ。自分なんかが一番になってしまったから。自分がなんとかしなければならない。

ジリアンの中で、出口をみつけられずに、はやる気持ちだけが渦を巻き始めていた。

感情の唸《うな》りはジリアンの目と耳を塞《ふさ》いだ。

たったひとつの想《おも》いだけが、ジリアンの頭と口の中で繰り返される。カノンのように。

「助けなきゃ。ノエルを助けなきゃ……」

「今度はボクがキミを助けてあげる。ボクだけがキミを助けてあげられるんだ」

「助けなきゃ。ノエルを救えるのはボクだけなんだ――」

NOEL the mortal fate

Movement1 - vow revenge

The banks of the Acheron 1

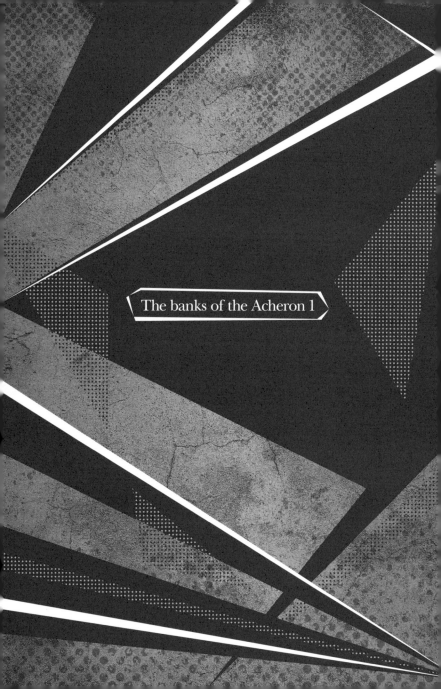

また、ラプラスだ。

潮風が羽毛を撫《な》でる感触。その匂《にお》い。街のざわめき。人間たちの息吹《いぶき》。

久しぶりに、現実を感じる。五感は、人間に喚《よ》び出されて初めて味わえる。それは存外悪いものではない。

だが、また、ラプラスなのだ。

何度人間に召喚《しょうかん》されたか、もはや正確な数など覚えていない。しかし、こうして間を置かずに同じ土地に喚び出されるのはそうあることではなかった。

どうやら私は、この呪《のろ》われた市から離れられないようだ。鎖よりも強固な、腐《くさ》れ縁《えん》によって繋《つな》ぎとめられているらしい。

しかしながら、このラプラスではやり残してしまったことがある。またここに喚び出されたこの機会を逃すわけにもいくまい。

……私がこの小娘を助ける気になったのは、そんな打算があったからだろう。

あのいけ好かない人間のメス――シビラ・ベッカーがゴミのように海に捨てた小娘を、私は助け出した。

私自身が四肢《しし》を奪った小娘を、助け出した。

なんという矛盾《むじゅん》だ。私はたしかに、歪《ゆが》んだ矛盾をこよなく愛しているが……私自身が矛盾を抱えてどうする？

シビラは、この小娘をなんと呼んでいたか……。正直、この小娘にはほとんど興味を持っていなかったから、聞き流してしまった。どのみち、人間の名前など半分以上どうでもよい。

手足をなくした小娘は、マネキンよりも軽かった。

ラプラスの地理は、記憶の中のものとほとんど変わりがない。血と海水にまみれ、死にかけている娘を抱えて、私はスラムに向かった。

隠れ家にするのに最適な場所には心当たりがあるのだが、瀕死《ひんし》の娘を抱えて行くには少し遠い。夜が明ける前に済ませねばならないものごとが多すぎた。我ながら、面倒なことに手を出してしまったものだ。

すぐに適当な空き家がみつかった。吟味《ぎんみ》する手間が省《はぶ》けたのは運が良かった。前の住人は夜逃げでもしたのだろうか、家具一式がそのまま残されていたのだ。少なくとも、ベッドは必要だった。

私はここでようやく、小娘を手放すことができた。軽いとはいえ、何時間も抱きかかえているとさすがに肩が凝《こ》った。無意識のうちにため息が漏《も》れる。

首と胴体だけになっても、すばやく適切な処置さえすれば、脆弱《ぜいじゃく》な人間でも生きのびられる。しかし、一命を取り留めたとしても、その後の苦労を思えば……死んだほうがましだ、と考える者もいるだろうか。

私が娘をまじまじと見たのは、このときが初めてだった。

血まみれでボロボロになった服は、良い生地で仕立てられている。少ししか話さなかったが、言葉遣いも悪くなかった。この娘は上流階級の生まれだろう。

なんの苦労もせずに生きてきたにちがいない。欲したものもすぐに手に入れてきたはずだ。

だが……欲の深さは、生まれなど関係ない。富める者も貧しい者も、等しく、必ず、薄汚い欲望を抱えている。人間に生まれついたが最後、欲望は死ぬまでついてまわる。それを理性や良識でねじ伏せられる者もいるにはいるが、私は——会ったことがない。

当然だ。私は大悪魔。

欲望に取り憑《つ》かれた人間だけが私を喚ぶ。

私が出会う人間は、皆愚《おろ》かで、欲深く、誰かを激しく憎んでいた。

私にとってはそれこそが人間であった。そういう輩《やから》がいなければ、私はこうして五感も持たず、思考に至ることもない。ある意味、人間が愚かであることに感謝している。

しかし……この小娘の愚かさは……ちがう。

大量に出血し、冷たい海に落ちた娘の顔色は、死人と大差なかった。

私が何もしなければ、今頃まさに死体となっていたはずだ。

『たすけて』

小娘にその意思があったかどうかは、この際大した問題ではない。

いや……。

私とたまたま目が合った瞬間、たまたま聞こえたこの娘の哀願《あいがん》を、私が『第二の契約』と見なしたのは……明らかに、こじつけだ。

すでに私はこの娘との契約で、過《あやま》ちを犯してしまっていた。

小娘は愚かだったが、特別に欲が深かったわけではない。

ピアノのコンクールがどうのこうの、と言っていたか。何の奏者であろうが、プロとしてやっていきたい、有名になりたい、という欲望はごくありふれたものだ。つまらなすぎて、普段なら一蹴《いっしゅう》している望みだった。

そう、私はそこで一蹴すべきだったのだ。

そして、この娘が殺しを依頼してきたときに気づくべきだった。

いや、正確に言えば、気づいていた。今回の召喚は何かがおかしいと。

なぜ、年端《としは》もいかない人間のメスが、社会的に成功しているオスの死を望んだのか？

なぜ、ピアノとその殺しが結びつくのか？

なぜ、そこにシビラ・ベッカーがいるのか？

私はもっと疑問に思うべきだったのだ。

この娘はたしかに愚かだ。悪魔の契約の何たるかも知らないまま、利用されていることにも気づかないまま、ありふれた願望のために大悪魔を召喚した。しかしそれは、若さゆえの無知というものだ。私が鑑賞したい愚かさとはちがう。

ラプラスの式典というのがどういうものかは知っている。この娘は、式典奏者の座を欲していた。ある男を殺せば、その座に着けると信じていた――信じ込まされていた。

そして私もまた、そんなかわいい欲望の滑稽《こっけい》さに目をくらまされ、その背後に身を隠したどす黒い欲望に気づかなかった。

それこそが、私の過ちだ。

何が『高潔《こうけつ》なる契約』だ。この娘のことを、私は嗤《わら》えるのか？　私もまた、自らの不明により、高潔なる悪魔の契約を穢《けが》したのだ。

この娘が両手足を失う必要などなかった。

この娘は生贄《スケープゴート》として利用され、私は殺しの道具として利用された。

「…………」

知らず、握りしめた拳に力がこもる。

私は大悪魔だ。使い捨ての銃弾ではない。

そしてこの娘は、喉を掻《か》かれるための仔山羊《こやぎ》ではない。

それを……ヤツらは……。

私が生贄として喉を掻き、手足を引き千切り、皮を剝《は》ぐべきものは、ヤツらなのだ。本当は、ヤツらだった。

大悪魔の目をくらませ、支払うべき代金を小娘に肩代わりさせ、ヤツらは一滴の血も流さず今ものうのうと生きている。

いや、それよりも、だ。

ヤツはあの代償を踏み倒そうとしているではないか。

どこまで悪魔を虚仮《コケ》にするつもりだ？

ラッセル・バロウズ！

「……う……」

「！」

私の怒りが爆発しそうになったとき、ベッドの上で娘がうめき声を上げた。もう意識を取り戻したのかと意外に思ったが、どうやらまだ夢の中にいるようだ。

「……たす……けて……」

娘はうわごとを言った。よく見ると、身体《からだ》が震え始めていた。

そうか。今まで私が抱きかかえていたから凍《こご》えずに済んでいたのだ。これはうっかりしていた。

私は虫食いだらけの毛布を広げ、ひととおり埃《ほこり》を落とすと、娘にかけてやった。だが、これだけではまだ不十分だ。服がまだ濡《ぬ》れている。

似たようなサイズとデザインのドレスを探してこなければ。そして着替えさせる。シーツも濡れてしまったから、取り替える必要がある。

……ああ。これは思っていた以上に面倒そうだな。

とはいえ、やってしまったことはもう取り返しがつかない。この小娘と私は大きな過ちを犯し——そしてヤツらも、いずれこの夜の軽率な行動を後悔することになるだろう。

「イ……ヤ……」

また、娘がうめいた。私は身を乗り出し、その顔を覗《のぞ》き込む。

「し……死ぬ……のは……イヤ……。……たすけて……」

この娘は悪魔と契約した。この年で、立派な犯罪者だ。そのうえ、ヤツらにとっては死んでいなければならない存在。傷はふさいでやったが、このまま放置すれば——。

死ぬ。

ヤツらに捕らわれ、虫ケラのように殺されるだろう。あるいは、法の裁きを受けて処刑されるかだ。

私はもう二度と失敗はできない。人間どもの望みを叶《かな》え、それ相応の代償を払ってもらうことが、大悪魔の存在意義だ。

この娘を本当の意味で『助ける』には、まだ足りない。

——そうだ。

私は……思いついた。

この小娘を、うまく利用できないか?

ラッセルの正体と目的を話せば、きっと『その気』になる。

ヤツらに復讐《ふくしゅう》をさせるのだ。

うまくいけば、私たちの犯した過ちは帳消しになり、ラッセルはあの代償を支払うことになるだろう。

「……フ」

利用。結局、私もヤツらと同じ穴の狢《むじな》というわけだ。無知な若者を言いくるめ、自分の目的を果たすための駒にする……。

まさに悪魔の所業《しょぎょう》だ。

……では。

私は、この娘に選択の余地をやるとしよう。復讐をするか否かは、この娘次第。もしかすると——私を本当に、その気にさせてくれるかもしれない。私もまた、ヤツらに憤りを感じ、恨みがあるのは事実なのだ。

そして私は……、この娘に詫《わ》びなければならない。

己の軽率さのために、背負わなくてもよい代償を支払わせてしまったことを……。

また矛盾だ。

私は、この娘に罪滅ぼしをしつつ、利用しようとしている。

なにも素敵なことはない。滑稽で、愚かで、笑い話にもならない矛盾だ。

しかし、ここまで来た以上、もう後戻りはできない。

夜明けまでに手に入れなければならないものが増えた。この娘としばらく行動をともにするならば、せめて自分で歩いてもらわなければならない。義足が必要だ。

私は娘をベッドに残し、家を出ることにした。

玄関に向かう途中で足が止まる。ピアノを見つけたためだった。ろくに手入れされていない安物だが、なかなかスラムで目にするようなものではない。

あの小娘が私を喚ぶきっかけになったのはピアノだ。私がラプラスに縛《しば》りつけられているように……あの娘も、ピアノとは離れられない運命なのか。

どのみちあんな身体になってしまっては、ピアノは二度と弾けないが。

私は家を出た。

「うお」

その瞬間、思わず声が出てしまった。

夜闇にぎらりと光る金色の目……。夜闇に溶ける、私と同じ色の毛並み……。忌《い》まわしき獣。

フシャアッ！

黒猫が毛を逆立てて跳び上がり、私の前から逃げ去っていった。

……やれやれ。幸先が良いではないか。黒猫の歓迎を受けるなど。

私は一度、小娘を置いた家の出入り口を振り返った。

物音はしない。

気に入らない男が統《す》べるラプラスだが……この静寂は嫌いではない。羽毛を揺らす微風も嫌いではない。欲深い人間たちの息吹が足下をたゆたっているような、そんな錯覚《さっかく》さえも、悪くない。


さて……。

また、始めようか。

ラプラスでの戦いを。

〈To be continued〉

原作者あとがき

原作ゲームを制作いたしました、カナヲと申します。小説版『被虐《ひぎゃく》のノエル』を手にとっていただきありがとうございました。

『被虐のノエル』は連載形式のアドベンチャーゲームで、今回の小説版Movement1は原作のSeason1とSeason2の内容を収録したものになります。ノエルとカロンの出会いと復讐《ふくしゅう》のはじまり、そして因縁《いんねん》の相手との戦いと敗走、新たな悪魔……。ゲームでは表現しきれなかった細かな心情や背景をお楽しみいただけたなら幸いです。

作者の前作『虚白《こはく》ノ夢《ゆめ》』ノベライズでもお世話になった執筆の諸口《もろくち》先生の手により、様々なシーンがより鮮やかになりましたが、作者的に一番好きなのはやはり魔人《まじん》との戦闘シーンでしょうか。ボマー戦もシビラ戦も、手に汗にぎる迫力に仕上げていただきました。本当はゲームでももっと派手な戦闘を表現したかったのですが、キャラクターが飛んだり跳《は》ねたりといった動きは演出が難しく、そもそもゲームでそこまでやるとアクションの難易度も上がってしまい……。そういう意味では、戦闘シーンが派手になってカロンも名誉挽回《めいよばんかい》できたんじゃないでしょうか。

原作ゲームはスマホでも遊べますので、現在最新話のSeason5まで遊ぶもよし、次の小説を待つもよし。今後ともぜひ『被虐のノエル』を応援いただければと思います。

カナヲ

あとがき

本文執筆担当の諸口正巳《もろくちまさみ》と申します。光栄にも、『虚白《こはく》ノ夢《ゆめ》』に続いて、カナヲ様原作フリーゲームのノベライズを担当させていただくことになりました。

じつは今回のお話をいただいた当時、わたしは八年前に購入したパソコンを使用していました。OS？　XPです。あーサポート終わったし買い替えなきゃなーとは思いつつ、セキュリティソフトだけ更新してだましだまし使っていたのですが……。

『被虐《ひぎゃく》のノエル』がまともにプレイできない。

そんな深刻な問題にブチ当たることになりました。

とうとう愛用のマシンが時代についていけなくなったのです。いやサポート終わった時点ですでについていけてないんですけど。動作はガクガク、しまいにゃバグって進行不可能に。

しかし、ゲームをプレイせずにノベライズが書けるものか！

ということで本作の執筆にあたり、パソコンを買い替えることとなりました。Windows10は使いにくいと言われていたのでビビってましたが、なんという快適さ……！　ゲームもあっという間に、現時点で公開されているすべてのseasonをクリアできました。

そんなわけで、仕事道具を買い替えるきっかけを与えてくれた意味でも、今回このお仕事をさせていただけたことに感謝しています。

また個人的な趣味で恐縮《きょうしゅく》ですが、人外《じんがい》×少女という要素が大好きです。人外は人化せず、容姿が人間から離れていればいるほど良いという流派《りゅうは》（？）です。

ノエル&カロンは恋人ではなく相棒《バディ》という関係ではありますが、わたしの中では人外×少女好きに恋愛が絡《から》むか絡まないかはたいした問題ではありません。男前の人外と非力な少女がともに行動する！　これだけでごはん十三杯いけるというものです！

『被虐のノエル』は公開直後から存じ上げておりましたが（前述のようにまともにプレイできなかったんですけど）、じつは、「この作品も書かせてもらえないだろうか……」とひそかに願っていました。それくらい人外×少女好きです。

カロンがあまりにも男前なのでちょっと個人的な趣味も入ってしまったかと思われますが、彼の描写には特に力を入れたつもりです。

実況も多数されている大人気の本作のノベライズ、ファンの皆様にとって、そして原作者様にとって、納得のいくものに仕上がっていれば幸いに思います……って、納得いくものを書くのがプロの責務ですよね。でも、納得のいくものでありますように、とつい願ってしまいます。

もし合格点をいただけたのであれば、次巻もよろしくお願いいたします。

それにしてもこのゲーム、ほんとうに続きが気になりますよね。わたしもひとりのファンとして、次のseasonを、そして完結を楽しみにしております。

二〇一七年五月某日　　諸口正巳　拝

被虐《ひぎゃく》のノエル
NOEL the mortal fate
Movement1 - vow revenge

2017年5月31日　初版発行

著者　諸口正巳
原作・イラスト　カナヲ
発行者　青柳昌行
発行　株式会社KADOKAWA
〒102-8177 東京都千代田区富士見2-13-3
電話　0570-060-555（ナビダイヤル）
URL　http://www.kadokawa.co.jp/
編集　戦略書籍編集部
編集協力　稲葉ほたて／電ファミニコゲームマガジン編集部
デザイン　AFTERGLOW
印刷・製本　大日本印刷株式会社

【本書の内容・不良交換についてのお問い合わせ先】
エンターブレイン カスタマーサポート
TEL:0570-060-555（受付時間:土日祝日を除く12:00～17:00）
メール:support@ml.enterbrain.co.jp（メールの場合は商品名をご明記ください）